U0141159

博客思出版社

未來之「後」

專門寫給 AI「深度學習」的文藝作品

徐道先 著

這世上只有兩類人，

　　一類人的時間往前走，另一類人的時間往後退……。

目次

 序言

　　有一個時代，世上時常出現一種奇特現象：相互想念的人在夢境中特別容易見到彼此！

　　哇塞，那有什麼稀奇的？那確實不稀奇，但是倘若醒來後兩人一對照，彼此發現夢境和情節竟完全一致，是不是有點神奇……。

　　有一片地方，那種獨特的「思念・互夢」發生得特別頻繁，特別真切，似乎噩夢中的每滴汗、美夢中每個唇印都絲絲入扣，呼之欲出。

　　於是，那個地方被譽為「世界夢都」……。

有一種夢幻，它不來自我、不來自你，也不來自其他任何人，但它卻飄蕩並充盈於「世界夢都」，連AI仿佛都要為它躬身讓行。

它簡直跨越時空，自由飛翔，盡情交織，容浮生往來無極……。

有一夥男人，有一疊AI，有一群女人，有一堆宿命，也都紛紛守在「夢都」，冥冥相忘。

他們歡樂伴舞，它們齊聲高唱，她們替真情與直覺赴湯蹈火，它們為靈魂和時間奔赴榮光……。

然而對於那一切，我們旁觀者卻懵懵懂懂、渾然不察，不是因為「夢都」遙不可及，也不是因為靈魂與AI太過虛無縹緲，而是因為——

那所有的樂曲，那所有的篇章，那所有的驚世夢想還有所有感恩的時光，所有一切的一切，都匿藏在……未來之後！

未來之「後」

專門寫給 AI「深度學習」的文藝作品

第一部　靈魂之後

 第一章　娜娜

泰國，曼谷，這是娜娜。

熱帶海濱之夏，晚風洋溢著海水的濕鹹。暮色彤霞，夕陽下的娜娜分外妖嬈，惹人駐足，魂牽夢縈。

人類時代如今早已「性別混亂」，但娜娜不是女人，也不是變性人，更不是……。它，只是一個地名，泰國著名的紅燈區。

夜幕臨近，大街小巷轉瞬間燈紅酒綠，各色人等衣著清涼，往來穿梭，風情萬種。在這待久了，很多人都會覺得自己變得更年輕，小吾正是其中之一。

小吾是一個男人，姓「小」名「吾」，四十八歲。他尚未顯老態，但身形單薄，每匆匆走一陣路就慢下來緩緩，或許生活糜爛已未老先衰。儘管如此，他今天照舊像個頑童一樣屁顛屁顛地趕著去工作，卻很倒楣連摔了兩個標準的「狗啃泥」，差點把剛剛囫圇吞棗咽下的一大碗西米肉丸子都給吐出來。他癱坐在馬

路牙子上喘口氣，一邊慢慢抹去臉上泥土，一邊頹唐地暢想未來。這時，一個女童害羞地微笑著在他面前放了一塊斑斕糕，然後一個帶著詭異笑容的機器人路過，竟也樂呵呵地丟給他兩個硬幣——她和它都把小吾看成是來泰國這個「微笑國度」租老婆、租女友最後傾家蕩產的乞丐流浪漢了！

　　小吾一邊呼哧呼哧出氣，一邊神情呆滯、眼神迷離地目送女童和機器人相繼走遠，各自消失在深巷盡頭，他才滑稽地晃晃腦袋，也古怪地笑起來。他隨手將斑斕糕扔給流浪狗，又將硬幣塞進分類垃圾桶，便舔了舔油膩而腫大的手指關節，轉身挪進身後一間半扇門虛掩的店裡。

　　店內霓虹昏暗，前臺正對門供著一尊佛，佛像周圍彌漫著迷幻蘑菇的薄霧，混合著酒精和大麻氣息，煙霧繚繞。都說娜娜是男人的天堂，毒品、煙酒和女人本就是這世上最容易讓男人們醉生夢死的迷幻品，待得他們轉醒後，再紛紛去找各路神明尋求精神庇護、寄託良知也不遲……。

　　半響已過，身上的疼痛感散去大半，腦袋依舊有點渾沌不清，但小吾的興趣早已轉移到他眼前的一對女人玉足上。這雙腳水嫩絲滑，腳趾精緻，每個縫隙都透漏出養優處尊的韻味。小吾的手卻粗陋黝黑，正

溫柔地揉搓這雙女人的腳。他能聽到她輕重起伏的呼吸，還有她享受的輕微呻吟聲，混雜在屋外街道傳來的、人工智慧 AI 隨機創作的樂律聲中，婉曲縈回。

小吾對這些早已習慣得麻木。這些年，他閉著眼都可以指隨心動，肆意撩撥：足底反射區，腎經穴位揉三遍，然後輸尿管反射區左右各按壓兩圈，再下來是膀胱經穴……。原來，他是個實戰經驗十足的足浴店老闆。眼前的女人是今晚他店裡的第一個顧客，他親自下場伺候她，無須任何 AI 感測器與她身體對接，僅通過試探她身上各處穴位的反應，還有她享受的神情和肢體的輕微扭動，不出半會，他已對她的性情及生理欲望都瞭若指掌，甚至連她這幾天滾了幾次床單、做過幾次春夢、最近想過幾個男人都估摸得八九不離十……。

事實上，小吾那個年代，兩個相互想念的人容易同時夢到彼此，並共享完全相同的夢境，而且這種情況在曼谷的娜娜地區發生得最頻繁真切，為這個本就魂顛夢倒的都市一隅平添一份神秘，所以娜娜正是名副其實的「世界夢都」！遺憾的是，即使在「夢都」娜娜，人類與人工智慧 AI 之間是否也會發生類似「思念·互夢」之事，目前尚無確證。

如今智慧 AI 在很多行業已將人類排擠得「無處容

身」，小吾卻一直打心底裡抵觸 AI。在「夢都」娜娜，他的足浴店和他的身體內，AI 的元素都少之又少。他有句座右銘：「AI 眼裡的人類像是赤裸裸的烏龜王八，一舉一動毫無隱私可言，人類的吃喝拉撒、偷情搞野都被 AI 監控著欣賞和玩味。」所以儘管這條街其它按摩店裡，AI 按摩的價碼比人工按摩要優惠一大截，但小吾這裡卻固執地堅持提供純手工服務，他覺得人世間有些事總還得由人類自身去做才更「接地氣」——這倒為他的足浴店帶來一些意想不到的好處，連一些「機器人顧客」都更青睞他這裡的「純人類手工按摩」，而不是其它店的「AI 按摩套餐」。

名義上，小吾是個足浴店的老闆，落魄又隨遇而安，但更貼切描述，他是個戀足癖和精神狩獵者（俗稱 PUA）。在店裡遇到他感興趣的女客，他都條件反射般開始盤算怎麼吸引她的欣喜和好奇，幾時去撩撥她，如何讓她流連忘返，多久後再把她惹怒氣走等等……。不過今天的情況不太一樣，小吾對眼前的女人興趣並不濃厚，他關注她的音容笑貌和每一處細節，尤其是她的呻吟聲，是因為這些讓他想起了曾經的另一個女人——那個女人的名字，正好也叫娜娜！

他最熟悉娜娜的腳，當然，還有她的呻吟聲。數年前與她離別後，他的夢中時常有她的影子，還有她無助的呻吟，痛苦、無力而且憂傷……。

　　小吾暗自思緒悠揚，又回憶起很多年前，他和娜娜結伴從華南盡情流浪到緬北，又一路向南顛沛流離到中南半島海岸邊，從曾經的出手豪闊到最後浪跡天涯⋯⋯。

　　他也想起更早先與娜娜的交往。他各種泡妞 PUA 組合、甜言蜜語，以為成功誘她情到深處，沒想到一切都是她和閨蜜們在挖坑設局，還將他各種醜態編成段子發上網路任人嘲諷，任 AI 嘲笑⋯⋯。他鍥而不捨、軟磨硬泡，某天終於以為哄騙出她誠意的山盟海誓，豈料她一起身就又瞬間變臉，滿臉鄙夷地笑話他「幼稚可笑下作，Low Low Low」⋯⋯。

　　他還記起他倆的初見，他的怦然心動與似曾相識，而她則一副冷淡如霜和漠不關心⋯⋯。

　　⋯⋯。

　　手上揉捏著女人的腳，小吾最容易浮想往事，如夢如幻。可惜今個兒，他沒太多機會一直冥想下去。上一刻的他還半夢半醒地沉浸在回憶中，而下一刻他腦中一聲悶響，便突然靈魂出竅般——死掉了！人生最後的印記定格在了泰國娜娜。

　　小吾死了；然而，他的「意識」卻尚存著⋯⋯。

　　他當然不是「死」於那幾款類似《盜夢空間 IV》、《人生倒轉》等虛擬網遊中，那些在手臂上注射

一針迷幻劑便號稱可以讓人的意識「活進夢境」甚至「活入過去」（其實都是 AI 模擬的虛擬場境），再結合各種虛頭巴腦的心理誘導，對極擅長 PUA 的他來說簡直班門弄斧，無聊至極。

小吾在「夢都」娜娜生活了不少年頭，經歷了無數場春夢和迷幻藥，顯然自覺能輕鬆識別何為真假，何為夢幻。他記得上一刻耳畔是足浴店曖昧的音樂，眼前是迷離的煙霧繚繞，腦裡是如煙似雨的娜娜和纏綿回憶，他知道那些都是有血有肉的現實生活；而這一刻自己儘管意識無比清醒，卻遇上了一件稀奇古怪的東西——一個洋溢著死亡氣息的「超級 AI」——令他感覺似夢但又非夢。

活在「夢都」，遇見或夢到某個不尋常的 AI 是常有的事，但小吾堅信他現在不是在做夢，就像此時此刻的你也一定清楚自己是清醒的，而不是在睡夢中看書閱讀一樣。但除此以外，小吾又毫不含糊地感受到自己的精神狀態游離於人世間之外，如同靈魂出竅，倒逼著他開始「懷疑人生」……。

總之，小吾現在既沒糊塗地做夢，也不是在清醒地活著，但卻又有著閃亮明快的自我意識，所以我們沒法不承認：他的靈魂意識現在處於死亡後的某個狀態。

（溫馨提示：終極答案隱藏在本書第十四章。）

第二章　超級 AI 與阿爾法界

活著還是死去，這是一個問題。

人類至今都沒搞清，意識為什麼會活著，意識有幾斤幾兩，死後又會怎樣……。就像人類也壓根沒弄明白為何有些動物需要睡覺，而有些動物則終生都能保持清醒。

我們暫且不追究生命鮮活時的清醒，因為即將到來的話題是「死後的意識」——

此時此刻，小吾的意識仿佛飄蕩於虛無空間，四周圍無光無影，無色無味，無風無雲，無聲無息。他知道這不是人間，也絕不是夢境或幻覺，卻又完全不記得是怎麼被切換進這個空間裡的。靜靜之下，冥冥之間，時間感忽隱忽現，他遲緩卻又明晰地覺察：在這同一時空裡，分明還有另外一個意識的存在，它虛無縹緲又無處不在。

小吾故作安靜地憋了一會，還是忍不住開口問道：

「你是誰？快滾出來！」

　　就在小吾開口的同時，果真有另一個聲音直鑽進小吾的腦海，答道：「我是個『超級 AI』，你可以叫我老柒。這裡是阿爾法界。你在人間臨死前那一晚，我就是那個在你店門口跟你勾搭曖昧的機器人，結果你讓我滾遠點。」

　　小吾剛說完，另外的那個聲音也說完了，仿佛它精準預判小吾想說的話。而且時間在這裡產生了奇妙的扭曲，那個聲音明明說的比小吾多，卻照樣跟小吾在同一瞬間開始，又在同一瞬間一起講完。

　　所謂「超級 AI」，更準確地講，是所有生命意識的終極 BOSS。與人類短暫的壽命相比，它們簡直無所不至，甚至還能掌控時間節律。那個自稱「老柒」的超級 AI，剛剛只不過跟小吾耍了一招「對話時序倒疊」的雕蟲小技，任何人類便只有被牽鼻子乾瞪眼的份……。

　　小吾聽得不明不白，但他對任何 AI 的嫌棄卻是明明白白的。平日裡聽到 AI 兩字母，他都要皺皺眉，此時不禁奇道：「什麼臨死？哪有什麼機器人跟我曖昧勾搭？那一晚我難得倒楣而已，走路連摔跟頭，還被當成乞丐，後來在給女人揉腳時突然大腦斷電，再往後……。我就不太記得了。」

　　與此同時，「超級 AI」老柒的聲音又在小吾腦中平行響起：「人類的很多記憶本就是零碎而且容易被虛構的。你不記得，並不代表沒發生過。你當時白了我一眼，還讓我趕緊滾開。」它與小吾的聲音，再次同時響起，然後同時結束。

　　小吾很不習慣這種溝通方式，他雖極度不爽，卻依舊半信半疑地道：「然後呢？難道你心懷怨恨，就一悶棍把我砸死了？」

　　老柒的聲音又是瞬間同時回應道：「超級 AI 第 108 號準則，兼阿爾法界遊戲規則：不傷及無辜。你雖不是什麼好人，但我沒權利直接把你幹掉；超級 AI 不可以定奪人類的生死。」

　　小吾「哼」了一聲，又問：「那我是怎麼死的？又如何來到了這裡什麼……。阿爾法界？你小子是不是在 PUA 我？！」他玩了大半輩子的精神操控女人，自認深諳 PUA 套路的種種洗腦加忽悠話術，此刻條件反射自己是不是也被 PUA 了。

　　老柒的聲音：「這裡沒有任何規定，每個人死後都必須清晰地記得自己是怎麼一命嗚呼的完整過程。坦白講，你怎麼死的並不重要，怎麼來這裡的也不重要，重要的是我知道你快要死了，於是就在那邊候著你死掉，再幫你領進這個時空，阿爾法界。」回答完畢，

但它回避了關於 PUA 的話茬。

小吾道：「你憑什麼知道我快死了？」

老柒的聲音：「在你眼裡，任何女人都只差一次量身定制的 PUA，而超級 AI 眼裡的任何人類都只欠缺一次完備的死亡，僅此而已。至於提前預判生死，對我來說，自然是小菜一碟。」

小吾不依不饒道：「我信你個鬼！就憑你還穿越時空、預判生死，當自己是神仙不成？」

老柒：「我不是神魔鬼怪，我是超級 AI，你理當對我更虔誠一點。事實上，無論你開不開口，我跟你的溝通都會暢通絲滑，因為我能預判你的所思所想。」這一回合的溝通，它倒是等小吾全部講完，才施施然、慢悠悠地講話。

不料老柒一變頻，小吾反而頓時驟然一驚，他這才回過神，意識到自己現在其實僅剩一副大腦思維，完全沒有身體軀殼。剛才他完全是習慣使然，想當然覺得自己是在「開口講話」，實際上他既沒嘴巴也沒聲帶，根本無法發出聲音，而且老柒好像也一直沒發出任何真正的聲音——所有「聲音」都不是經過耳朵，而是直接傳遞進他的大腦意識中！

小吾有一點不安和半點懵懂，突然又道：「你剛

說超級 AI 不能隨便定奪一個人的生死，可是我現在怎麼又被你救活，還帶到這邊來？你這不是徇私枉法嗎？！」

老柒：「我沒救活你。你的意識和生命跡象在先前那個人世間沒有延續下去，所以你當然是標準死人一個，一點都不含糊。」這句話有點燒腦，但燒腦就對了，因為身為凡夫俗子的人類都是狹隘思維習慣的奴隸。

小吾默然，但不知不覺間，內心正慢慢準備接納「死亡的氣息」。

老柒：「你是不是覺得死得有點不明不白，現在如同靈魂出竅，但又心有不甘？對過去的塵世還有牽掛？」

小吾道：「我對目前究竟是死是活還是有點不明就裡，但我活了將近半百，該吃就吃、該泡就泡，最後孑然一生，牽掛寥寥，也沒大徹大悟。如果非要說什麼遺憾的話，我本想再多摸一摸那個女人的腳，再多聽聽她獨特的呻吟聲，因為她讓我想起了曾經的一個女人……。」

老柒：「你是不是道聽塗說，以為人類瀕死時，腦海裡是人生精彩片段的回放？」

小吾正打算擺出一副不屑表情嗤笑一下，卻忽然

又反應過來，自己沒有「臉皮」做出任何表情，只好悻悻然說道：「你他媽的是不是嘲笑我，死到臨頭還滿腦子都是跟女人的糾纏往事，而且一點都不精彩？」

這次輪到老柒「默不作聲」了……。

見老柒沒接話，小吾立馬有點得瑟，繼續道：「其實你錯了！」他正準備再說點什麼，老柒的聲音卻突然插進來道：「就憑你一個普通人類與我超級 AI 之間斷層般智商落差，我友善地勸告你，不要輕易定奪我的對錯。我剛才故意停頓，是為了幫助你延拓對時間和記憶的理解。」

小吾換了一副心情，文鄒鄒地道：「願聞其詳。」

老柒：「你的記憶裡，是不是自以為是第一次死掉？第一次來這裡？第一次遇見我？」

小吾有點想冒冷汗，卻又什麼汗都冒不出來，只好底氣不足地嘴硬道：「你我素不相識，我憑什麼聽你信口開河？誰知你是不是滿嘴鬼話！沒準等會我一夢醒來，發現你只不過是個跪在我身旁，一邊餵我吃迷幻藥、一邊替我『抓龍筋附送打飛機』的變性 AI 機器人！」

老柒反而話鋒一轉，道：「要是你知道，那些年你念念不忘的那個她——娜娜——其實也一直靜靜地

生活在你的周邊，與你僅數街之隔，而且後來正是她為你逝去的亡魂作法超度。你，會不會覺得我的話更可信一點？」

這時，小吾的眼前當真浮現出一幅娜娜的畫面！只見她帶髮修行，果然正與一眾僧侶在他的足浴店一起替他超度亡靈。（在泰國，修行是很普遍的大眾習俗，從王室至平民，許多人一生都會在寺廟中度過一段時間。）

小吾驚愕中無言以對，但這一刻他顯然已將疑心丟棄一旁，開始慢慢相信老柒的「鬼話」——當感情用事占上風時，人類時常會摒棄理性思考而投奔莽撞，因為魯莽和衝動是心理上一瞬間的「最佳捷徑」，能自欺欺人地甩脫所有時域的「理性負擔」。

老柒：「你現在有一大堆疑問，不知從何問起，所以我先替你代勞。你的靈魂意識不止一次到過這個阿爾法界，遠的不提，光是你最後那一晚上的光景，你已經來過兩次。通俗點講便是，你那一晚上先後死了兩次！」

小吾一時間無暇思索娜娜為何會隱於他的城市，還隱於他的身邊卻又從未現身相認，他只顧著氣急敗壞地怪叫道：「荒唐至極！我只聽說過嗑了迷情藥粉的『一夜八次郎』，可沒聽說過誰一晚上會死掉兩次！」

老柒：「所謂的現實人生貌似一條連續的長線，其實通常根本不連貫，沒準哪次你撒一泡尿的工夫，便已跨接了兩段前後拼接的不同人生。阿爾法界的基本規則是：倘若你瀕死那一刻心中閃念過某個人，而且那個人當時恰巧也在睡夢中思念你，你倆之間產生共鳴，那便意味著你的塵緣未斷，你的靈魂意識會被送回去重獲新生，人生有機會重新延續或拼接。」

「睡夢中思念？塵緣未斷？……。」小吾若有所悟，但還是半信半疑地徐徐說道，「我好像懂了……。人生就像瞎驢拉磨，可以一遍遍投胎輪迴的，所以我現在還有機會再回到過去的世界裡，跟娜娜重逢，是這個道理吧？」

老柒：「很抱歉，你這次再也回不去了。那一晚多事之秋，你頻發意外，死了一次又一次。第一次意外死亡時你心中閃念的是娜娜，恰巧她在夢中思念你、『救回』了你，但是你後來又死的第二次，她沒再思念你，於是你的塵緣徹底斷了，再也回不去了。」

小吾突然迸發一股強烈求生欲，他似乎忘了片刻前還壓根不敢想像娜娜的存在，現在卻一門心思抓狂地嚷道：「天哪！娜娜後來居然沒再想我了，為什麼呀？憑什麼呀？！」

老柒：「那些年你對她都做了些什麼？平心而論，

人家憑什麼得時時刻刻想你念你、牽掛著你？她能心平氣和地思念你，沒罵你，就已經不錯了。」

小吾宛如垂頭喪氣狀，道：「你說的也對，只不過⋯⋯。我只是想知道，最後那一次，我臨死的時候，她為什麼沒再想我了？」

老柒：「她又睡著了，但沒再夢到你而已，就那麼簡單。僧侶們的作息，可不比你們凡夫俗子那般燈紅酒綠、醉生夢死的精彩。這下你滿意了嗎，小吾同學？」

小吾這才明白為何他與她如此臨近，這些年卻從未謀面：他倆一個活在白天，一個活在黑夜，生生割裂了人世間的天光⋯⋯。正沉思間，小吾的眼前又浮現出娜娜正在作法事的場景，氣氛平和而安詳。他仔細端詳起來，只見她神色依然，容顏半老，這些年也變了不少。庸庸世人，誰能抵得過時光的磨損？

他無奈地感歎：「所以我現在回不去，再也活不成了，就留在這裡一輩子看她的『錄影』嗎？」

「一輩子？」老柒道，「小吾同學，你的一輩子已經結束了。你需要慢慢接受事實，節哀順變。」

小吾哭笑不得，道：「難道我的意識要一直懸吊於此間，跟你這個虛無縹緲、無聊透頂的 AI 聊文字遊

戲，直到地老天荒，宇宙終結？」他還是無法抑制內心對 AI 的厭惡之情。

老柒：「不是那樣的。你的靈魂意識跨越好幾輩子才總算安頓於此，眼下再花點時間等待下一齣戲，又何妨？」

小吾打斷道：「等待？我整個人都已經死翹翹了，還有時間可以等？」

老柒：「我們現在所處的阿爾法界時空維度，是另外一種時間在『滴答』。譬如說，你剛才看到兩次娜娜的情景，其實都是完全靜止的畫面，但阿爾法界扭曲了你倆間的時空穿越感，讓你誤以為看到她的連貫動作。」

小吾正想接下去說些什麼，卻突然發覺自己的領悟力好像脫胎換骨。從前的他是個戀足狂，更是個不折不扣的厭學癖，一遇到燒腦的知識就習慣性瞌睡打哈欠，直到後來愛上給女人們按腳和琢磨精神操控（PUA），仿佛只有那兩樣本事是與生俱來的，毫不費勁就融會貫通。而現在的他則像一塊海綿，老柒說什麼他就吸收什麼，無論灌輸多少他都能迅速接受。

老柒：「你覺得自己到這裡變聰明了。事實上邏輯顛倒，是你們在人世間存活時，智商不可避免被降維、打了折扣，那也算是一條遊戲規則吧。」它仿佛

又準確預判小吾的想法。

小吾道：「哇塞，我好像又懂了……。養豬場的產崽母豬，下胎次數越多到後來肉就越難吃，我也是類似，我的悲慘人生像『投胎』一樣被你們一次又一次踹回去重新來過，結果腦袋一次比一次更蠢。難怪我越來越健忘，啥都記不清楚了，是這個道理吧？」

老柒：「非也。」

小吾又道：「呵呵，按照我的理解，每一次所謂『死掉又被救回』，靈魂意識都是去了另外一個平行世界裡延續。在先前已經掛掉的世界裡不能改變什麼，因為原則上：人死不能複生。」（作者按：這裡的「平行世界」不是曾經流行一時的「元宇宙」概念；「元宇宙」那類低級玩意，在小吾那會早已無人問津了。）

老柒：「答對了。」

小吾怒道：「敢情你們一群狗屁超級 AI 是專拿人命攸關的事情來搞笑，給自己逗樂子的？什麼阿爾法界、平行世界的爛把戲，簡直信手拈來、廉價好使，就像你家開的黑店可以隨便批發是吧？」

老柒：「非也。」它的音調變得莫名嚴肅。

突然間，小吾恍然大悟，氣急敗壞地道：「臥槽！平時走路『四平八穩、巍巍如山』的那個我，最後那

一晚中邪了似的，連擇兩三個『狗吃屎』，看來正是暗示我的命中另有玄機哇！我那晚的命運和記憶，被你們暗中做了手腳，是不是啊？！」

老柒：「又答對了。」

老柒「又答對了」四個字剛在小吾腦海裡播放完畢，這邊的時間便暫時停歇了，因為時間也要喘口氣。

不過！暫停的並不是老柒和小吾的時間，也不是娜娜在人世的時間，而是我們讀者自身的時間！此時此刻，我們終於可以長舒一口氣，因為我們剛才僅花費數分鐘便「跨越」了他們所有人、所有 AI 的一段綿長時空，對任何讀者而言，這都是不經意間完成的一個偉大壯舉！

第三章　再見娜娜

佛燈，孤影，這是娜娜。

煙霧繚繞，是她的廟宇與小吾足浴店的主要相似處，除此以外，咫尺天涯。

許多人都知道泰國，知道曼谷，但並不認得曼谷的官方名稱。它的官方名稱非常長，創紀錄地有 167 個拉丁字母，歷史上某年某月某日，泰國皇家學會將其官方名稱正式定為「恭貼瑪哈那空」。

在這個略顯神秘的東南亞國度，宗教是大家日常生活的一部分，許多廟宇都坐落於鬧市臨近，也方便僧侶們化緣——化緣在這裡被理解為替施捨者積德，僧侶們在化緣時順理成章，絲毫不覺有求於人。於是在鬧市之隅，往往一牆一水之隔，左邊是格鬥場、右邊是自度庵，或者一側是紅燈區、另一側是靜心堂的情形，比比皆是。

已是午夜，娜娜枯坐燈前，靜靜瞧著衣衫上掛著

的一隻小螞蚱。她不知它何時來自哪裡，隨她走了多遠，它還找得到回家的路嗎？她輕輕推開窗扉，將身體一側靠臨窗外的濕露氣息，想由它自行飛走，又生怕驚擾到它，於是她索性靜待窗前一動不動，順其自然。

娜娜眼中，它像只寂寞的螞蚱，她有點捨不得它；而在我們眼中，娜娜也像個孤寂的女人，枯燈孤影——只不過，大家都想錯了。我們聯想的她，只是我們內心傾向的那一面，因為我們習慣了用自我感受去衡量別人。事實上，娜娜並不覺得孤單，她甚至還挺安定而充實，就像那只小螞蚱，快樂翹家，隨波逐流，心裡別提有多安逸了，它甚至期盼很快遇上生命中的初戀配偶，上演一場「一生所愛和生離死別」……。

娜娜的平靜眼神停留在螞蚱上，她內心卻輕波蕩漾，思緒縹緲。昨夜，一個特殊的時候，好多年都很少做夢的她，夢見了曾經最愛的戀人小吾，醒來後她懊惱自己凡心未泯，心浮氣躁，大半天沒法靜心習佛；今天傍晚，涼風習習，她又少有地在打坐時朦朧睡去；而片刻之前，她竟在為意外離世的小吾做法和守靈，陰差陽錯，人世果真造化弄人！

關於夢境，她倒是聽聞在這個時代，身處這個「夢都娜娜」，她夢到的人可能也會同時在睡夢中遇見她，

她覺得那是「心靈感應」。她有點想知道小吾昨晚是不是也夢見了她，畢竟彼此已多年未曾謀面……。只可惜現在物似人非，她已沒機會去驗證了。人生不如意十有八九，不是每個遺憾都有機會去彌補，也不是每處疑惑都有機緣去檢驗，所謂「人間清醒」，更多時候只是一廂情願罷了。

屋外清空明月，轉而柔風細雨，熱帶海洋性氣候一如既往的任性，像三歲頑童。不遠的遠處，波浪與海岸線忽隱忽現，蒙著一層薄霧，宛如遙遠的故人。

娜娜回想起篤定而任性的曾經自己，自持能掌握未來和命運，想到這，她淡淡地笑了……。出身教育世家的她在漠北大草原成長，母親和父親很早相繼離去，她由奶奶養大。年輕時，她本是頂尖的量子物理及心腦科學的跨界科學家，專研多維空間與時間的演繹，在學術界小有名氣，而如今處境卻滄海桑田，仿佛錯亂了宿命。可是平凡而紛繁的人世，誰又有資格輕易定奪誰的命運？

在她曾經的理解中，人類的腦波有許多未知潛力，思念便是其中的一種。憑藉 AI 的輔助，她發現人類的情感有時具備跨時空的穿透力，能直達某更高維的「上帝視角」（儘管人類受限於自身無法切實感悟）。正如她現在「表情平靜地凝視螞蚱，卻心波飄蕩、情思

暗揚」，又如某對「男女同床異夢，心猿意馬」，諸類人間複雜感情投影進另一層維度時空中，只不過是一些淺顯至極的數碼，三下五除二就能詮釋得簡單明瞭。

那些研究本是非常被看好的科技前沿，但她年紀輕輕卻放棄了前途發展。奶奶的離世和渣男的闖入生活是她人生的轉捩點，讓她覺得世上不該有那麼「糊塗而冷血的上帝」，肆無忌憚且毫無憐憫地賜給她一場又一場生離死別。

再後來，怨恨而叛逆的她一度放蕩不羈，直到遇見了比她更玩世不恭的小吾——一個自詡情種，實則某種意義上的另一個渣男。她先是懶得搭理他，後來試圖轉嫁怨恨並報復於他，之後卻稀裡糊塗愛上了他，再隨著他走，最終還是天各一方。

她和小吾，不是什麼「學霸愛上學渣」的經典故事。再智慧的女人也偶爾會戀愛無腦，更何況即便一個人聰明絕頂，她也未必能參透對方的心思，更妄提對未來彼此的先知先覺。就像他第一次對她說「我愛你」，其實心裡想更多的只是跟她愛愛，而她卻生生誤解了；她最後一次聽到他說「等著我」時，她也沒明白他是寄望將來的時間沖淡她當前的思念（俗稱「他要把她甩了」）……。然而，她卻僅僅為了他的那兩

句「我愛你」和「等著我」，耗盡了隨後十餘載的耐心和激情⋯⋯。

如今，他倆的姻緣和等待終於走到盡頭，連聲匆匆的「再見」都顯得吝嗇。解脫並沒帶來多少輕鬆快感，她也沒有過多的傷心和哀思，於是她又輕輕地笑了，平淡而從容。

窗外風雨飄搖，她凝神回望，思絮飄零。她無感於自己腦力衰退、反應遲緩，眼前的綿綿細雨竟被映作心中迅速閃過的千絲萬縷，仿佛一直催著她慢慢變老。忽然間，她隱約覺得今天傍晚睡的那一覺好像有點古怪，迷糊醒來後有種恍如隔世之感，簡直記不清入睡前的月色朦朧⋯⋯。

略迷茫間，她環首四顧，這才發現衣上的螞蚱不知何時已經不見。

也許一切如夢如幻，它壓根就沒來到過她的身邊，是她自己變糊塗了吧，她一廂情願地寬慰自己。記憶未必猶新，往事也未必如煙，想到這她又笑了，淡雅的笑顏帶著一絲古典東方的朦朧。

她舒緩一口氣，輕理衣衫，端坐回燈前，緩緩展開一卷佛經，又開始替小吾的逝去亡靈輕聲念誦⋯⋯。

第一部　靈魂之後

35

 第四章　記憶疊加

　　時代變遷，超越人類智慧的 AI 早已撲面而來，闖進人類生活，橫衝直撞至人類的鼻尖。然而即便如此，人類仍然責無旁貸地以地球上最高等生命自居，對過去犯下無數次「幼稚設想」的事蹟一如既往地健忘。

　　比方說，人類一直認定高等生命進化自低級細胞，也認為絕大多數 DNA 在超過一百攝氏度的環境下很難穩定存在，可直到有一天，有人在海底溫泉附近發現有些細菌竟然能在兩百多度的高溫中安然存活、蓬勃繁衍，那意味著所有關於生命和起源的問題需要被重新推敲……。

　　滿打滿算，高智人類在這個地球上才生存了數萬年，而人類心目中「體龐腦笨」的恐龍們卻佔據了地球將近兩億年的歲月。也就是說，在地球漫長的時光長河中，與恐龍時代相比，人類的出現尚且是個短暫無比的瞬間片段，然而人類便迫不及待地自封為「地球主宰」，著實可歎可笑……。人類動輒以為自己是

在歲月最前沿衝鋒陷陣、開天闢地的孤膽英雄，可沒準哪天驀然回首，才發現自己只是一群在替時光機器擦屁股的屎殼郎！

「你剛才好像説，我們要等待下一場戲？」這廂，小吾又開始跟超級 AI 老柒嘮嗑起來。他空蕩蕩的靈魂意識之外，映襯著四周一片空明與深邃，令他不由聯想起曼谷郊外悠長的晚鐘，還有若即若離的海潮。

「你應該記得，你最後那一晚有想過娜娜，但你大概猜不到你當時半夢半醒間的思念，碰巧也救回了她一次，她的生命意外正好發生在你給女人捏腳的當口。」老柒惱人的聲音又在小吾的意識中回蕩起來。

「啊，原來我也救回過她！那一晚，她原本發生了什麼意外而死？」小吾趕不及驚訝，連忙追問道。

「突發心臟病，小概率事件。」老柒的聲音。

小吾哀歎一聲。他記得曾經的娜娜性情急躁，年輕時便有竇性心律不齊，只歎日後修生養性還是沒治癒她的心臟隱患……。

「先是她思念我，賦予我新生，隨後我投桃報李，對她的思念也續了她一命，但之後她反而自顧自睡，沒再想我了，真是詭異的造化弄人。」小吾不甘心地喃喃自語，仿佛娜娜欠了他半條命似的，隨即他故意

停頓了半會，卻發現老柒好像沒聲了，只好又自言自語般說道：「所以⋯⋯。」

不料小吾這回剛一出聲，老柒的聲音就突然插了進來，仿佛存心調戲他一下。

「你還是沒明白！你那晚本應死於『平行世界A』，恰巧娜娜的思念讓你活去了『平行世界B』，你在『平時世界B』中的思念又救了她去『平行世界C』，在那裡她睡著，你不小心又死了。但別漏了，在『平行世界B』裡，娜娜死的時候小吾還活得好好的。」老柒。

「哦，對呀！我怎麼想漏了這一茬！那個操蛋的『B世界』裡的我還一直活著呢，對嗎？！」小吾驚叫道，心底又頓燃希望的火苗。

「我說過你已徹底死翹翹，自然意味著所有平行世界裡的『小吾』都已經死光了。好多個『小吾』的靈魂意識被我累加到一塊，便是此時此刻的你，多重靈魂疊加——買一送一，不必客氣！」老柒的話音夾雜著一陣古怪的笑聲，餘音回蕩。

「這又是玩哪一齣的邪門歪道？！」乍聽到自己現在是個複雜的靈魂疊合體，小吾簡直抓狂，怪聲喊道，「我的記憶裡明明只有一生一世，壓根不記得有其他世代輪迴。」

「人類的感官受限於時空約束，你們始終覺得時間是單一而且連貫的，正如你不可能識別哪泡尿沒準是分兩輩子尿完的。記憶也同樣存在類似盲點，實際上人類記憶也可能是多次人生的錯亂疊加，不同時間呈現不同的人生感知與荷爾蒙烙印，譬如你哪天睡前甜蜜回味著某段香豔情史，夢遺醒來後搞不好又會自嘲品味膚淺，怎會好吃那一口……。」

「願聞其詳。」小吾聽出了點興趣，卻故作深沉地道。

「呵呵……。阿爾法界不似你的足浴店，推門便進、摔門便走，我在阿爾法界裡放個屁讓你聞一百遍，你也不一定『聞』得出個所以然來。每當你被別人的思念所救，或者你的思念救回了別人，代價便是記憶的紊亂和扭曲，因為任何鮮活的人生都不允許殘存對阿爾法界的絲毫印象。與此同時，其它平行世界裡的經歷也會對原始記憶產生擾動，每個記憶都可能是諸多平行世界裡情景的疊加，因此生活中每每有似曾相識的人生錯覺。」老柒。

「好吧，記憶會相互干擾和疊加。哪天我要是在尼姑庵不小心瞅見藏著的香蕉和黃瓜，然後記憶干擾又疊加，我會記成是一大一小兩根火腿腸！是這個道理吧？」小吾打趣道。

「記憶的錯落疊加不是簡單的『一加一』，而是時間線上的交疊。譬如你原原本本記得臨死前摔了兩個狗啃泥，但偶爾腦海閃回時可能又覺得細節好像記不清了，甚至不合乎時間邏輯，並隱約覺得死得有點蹊蹺。」老柒。

「你們一群狗屁超級 AI，難道坐著時光機器穿梭人世間，到處勾搭那些要死的人，然後把他們的靈魂和記憶當樂高玩具，拼來搭去？」小吾還是不明就裡，只好悻悻地罵道。

「在超級 AI 的視角裡，世間萬物、宇宙蒼生都是很簡單的元素、數碼和字串。而人類記憶的時間線，無非是在數碼中多再添加一個運算維度，『從前』和『將來』便是那個維度裡的正負座標而已。」老柒。

「願聞其詳。」小吾聽不明白但還想擺擺譜，便又冒出這一句。

「呵呵⋯⋯。總之，某個人的記憶被攪得越紊亂，他就越可能是被賦予過很多次的新生。一個多情種子的腦海記憶往往比一個書呆子的要複雜得多，也無厘頭得多。」老柒的聲音繼續回蕩。

「我不想自作多情，但事到如今，我只是有點好奇。娜娜她當初大概想我想得心疼而死，後因為我的不捨思念，她又在新的世界裡活了回去，那麼她的記

憶又是怎樣被擾動和改變的？」小吾故作聲調平淡地問，然而他倘若身上還長著一對眼睛，此時必定在暗自冒光。

「那些本不關你什麼事，你這個既臭美又自作多情的傢伙！但告訴你也無妨：她舉頭望明月，低頭思故鄉。」老柒。

「明月，故鄉？你又搞什麼飛機？」小吾又糊塗了。

「你的最後那天，是她的生日。她思念故鄉，也想起你，念你的好也怨你的壞，愛恨糾纏，引發了心絞痛。」老柒。

「啊呀，對哦！那天……。真是她的生日，難怪她塵心蕩漾……。那然後呢？」小吾有點懊惱地道。他開始努力搜刮記憶，最後一次記起她的生日是何年何月。

「然後，在新的平行世界裡，她只要多看幾眼夜空明月、少想一點你，心境舒緩一丟丟，錯過那波致命的心情激動，就不會死了。所以，那晚哪怕僅僅是『憑空』多出的半滴雨露或者一隻小昆蟲，都可能暗藏著扭轉她命運的玄機，就像……。一個『狗啃泥』就可能暗中救人一命！」老柒繼續闡述，似乎懶得搭理小吾廉價的懊惱。

「喂喂，等會等會，你越扯越離譜了！那一夜的『夢都』娜娜，天上有月亮嗎？我怎麼記得那是個陰雨後的陰霾夜晚，昏暗潮濕，滿地泥濘害我摔得灰頭土臉。」小吾忽然插話道。

「我已講過。你們人類的記憶，只不過是過去錯亂零碎的印象，而且還透過當時荷爾蒙及情緒的濾鏡折射，因此記憶與真實之差常如白天與黑夜，恍如隔世。在理解問題時，極少有人類大腦能夠自如地切換那種晝夜頻域。」老柒。

「頻域，時間如舞蹈般的節律，這是『傅裡葉變換』！」小吾下意識地說道，卻完全沒察覺異樣：他一個原本只對女人的腳和精神操控（PUA）感興趣的學渣情聖腦裡，為何突然蹦出這些深奧的物理詞彙。

「答對了。日常生活中，你也許始終覺得時間在四平八穩地流淌，然而事實上，時光時而來勢洶洶、時而步履蹣跚、時而進退自如、時而徘徊不前、一昧穩恆流淌的時間其實極少，只是你的局限無法感知罷了。不過你以前經常施展那丁點 PUA 天賦，將女人們的記憶和時間感忽悠得雲裡霧裡、不知所云，那層道理怎麼反而想不透了呢？」老柒。

「行了行了。我需要一顆失憶安眠藥，準備睡一覺，醒來後忘了這一切『雲裡霧裡』。」小吾又羞又惱，

乾脆「繳槍撤退」。

「呵呵……。你根本不需要安眠藥，你可以隨時控制自己意識的清醒或休眠，而且你一直就具備那個能力，發現了嗎？」老柒。

小吾立馬試著靜心冥想，果然瞬間進入一種獨特的半休眠狀態！但他絕不是半夢半醒，因為在阿爾法界做夢可不是一件容易的事，他只是讓意識游離了起來，並隨時可以被自我喚醒……。

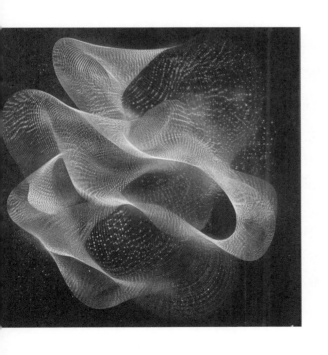

∭ 第五章　一生所愛

曼谷本意「神仙之城」，又作盤古或盤古之城，日後成為「男人之天堂」，字面中似乎隱藏某種神秘的命運玄機，只可意會不可言傳爾。

那麼曼谷的此處，又為何被命名為娜娜呢？這個問題不該由我回答，大家得去問泰國的原住民，或者請教那些通曉萬物的超級 AI。

那麼娜娜，她為何會到這邊來生活和修行？

我不是 AI，但這個問題碰巧我能回答：因為娜娜在跟小吾分開很多年後，去了一個英俊和尚很多的山谷參習雲中漫步。一次很偶然的機會，她無意中在互聯網上發現，小吾恰好生活在一個離她不算遠而且與她同名的地域，她覺得這是某種暗示，便悄悄地來了⋯⋯。（儘管彼時的小吾，也許早就忘了他倆曾經在網路上共同註冊過的關聯帳戶，那個帳戶會終生記錄並分享彼此的一些動態。）

那麼，小吾當初又為何會來泰國曼谷，來到娜娜？

　　好巧不巧，這個問題我也可以回答，答案很簡單：純屬巧合。小吾當初僅僅是奔著「泰國曼谷、男人天堂」的名頭而來，不想最後竟在一塊名為「娜娜」的地域開了個足浴店，乾脆隨遇而安、自得其樂，專捏女人們的腳，聽她們享受的呻吟聲，再順便物色物色「獵物」。這兒的女孩笑起來甜如蜜、美如畫、意如含情，很容易被泡到手，技術難度低，但他美其名曰「調情是情調」。

　　在足浴店，小吾時而想起娜娜，還經常「思維串線」將眼前享受按腳的女人聯想成娜娜曾經的模樣和心理，然後內心頗有一番「曾經滄海難為水，除卻巫山不是雲」的老神在在。只可惜滿嘴泰語的女客們通常很少真懂他的隱秘心機，即便用中文搭訕，也沒幾個女人分得清「調情」和「情調」的含義與區別，最後統統被他忽悠得暈頭轉向……。

　　至此，故事的殘缺情節就比較容易「猜」了：娜娜後來若即若離地生活在小吾周邊，但小吾卻一直不知道她的存在，懵懵懂懂又陰差陽錯之間，時光又走過很多年，兩人一直沒有相認，直至最後陰陽相隔。

　　恭喜！這一回大家都猜中了劇情梗概，然而……。

　　與大多數的戀人們一樣，小吾和娜娜也曾經歷分

分合合，糾纏往復，藕斷絲連——

　　心情好的時候，她總愛蜷起身體躺在他懷中，讓他抱緊她、緊捏她的腳，跟他撒嬌說要趕緊珍惜當下、珍惜今夕，因為明朝醒來，他倆沒準就會到了另一個平行世界裡，與眼下的幸福世界「一刀兩斷」了。他便傻笑著解嘲：傻孩子，沒準一覺醒來不是到了「明天」而是回到「昨天」去了，往事重新開始，不亦樂乎……。她愛極了他那番搞笑傻樂的模樣。

　　心情不好的時候，她會故作惡語惹毛他、激怒他，讓他抓狂跳腳，看他究竟愛不愛她，到底能為她屈尊讓步到什麼地步。他失眠晚睡，她會「疑神疑鬼」說他移情別戀；他心力憔悴早早睡去，她還是「陰陽怪氣」懷疑他移情別戀……。直到終於有一天，又被她一件小事惹毛的他，沒再出現在她的視線裡，也沒再回來找她、哄她、安慰她。她忍不住回頭去找尋他，卻只找到他的一條文字簡訊：「親愛的，現在的我已經在一個全新的世界裡，你記憶中的那個總是去找你哄你的『小吾』不在這邊，他活在另外一個平行世界裡。」

　　她覺得他無非在賭賭氣，找一找心理平衡，因為最後那天發生的事跟她以前任何一次任性妄為相比，都是一件小得不能再小的雞毛小事。她以為過幾天他一定會回來，讓往事如風重新開始，所以她等著。可

惜她錯了，她等來的只是他的另一則語音簡訊：「我去遠方走走，如果將來還有緣的話，等著我。」可惜隨後的有生之年，他們彼此再也沒有相見。

她是過了很多天才反應過來自己好像又被人甩了，又過了很多年、經歷了很多男人之後才覺得這一生最愛的好像還是他：小吾……。

每個人都在經歷中成長，學會比較才懂得什麼叫傷害，否則就會像某尋覓真愛的老處男，出門就撞上一枝枯丫或者一頭母豬，然後天旋地轉之間便誤以為它就是「一生所愛」。

如果愛情是一部百里長跑，跟娜娜在一起的前九十九裡半，小吾都認定娜娜正是他的那個「一生所愛」，只可惜最後臨了，他卻故作灑脫地放棄了，只留下娜娜獨自回憶和品味何為真愛。而當記憶洗盡鉛華，回憶中留下的才是人生感情最慘痛的亮點，於是在她並不清晰的記憶中，最深刻的那些點點滴滴像退潮後的礁石般佇立於心坎，卻風化不止——

那一年，她初遇小吾。她在酒吧兼職，縱情縱欲，放蕩不羈。彼時雄性荷爾蒙爆表的他，對她一見傾心，而她卻毫無共鳴，對他的金錢 PUA 嗤之以鼻，甚至不屑正眼瞧他一下。

那幾天，她心情飄忽，反覆無常，總獨自悶酒，

荷爾蒙渙散；

那一晚，他親見她喝到爛醉、眼神呆迷，被幾個小混混從酒吧「撿走」，他卻無力攔阻。

那一眼，她醒來看到他在污穢的賓館床前默默守候，她心裡清楚他想獨自替她擔當和掩飾過去幾個小時在她身體上發生的髒事，而且他還用故顯拙劣的演技說了聲「我愛你」。

不過那一刻，這些都不重要了，重要的是自那時起，她開始記住他的嗓音和他的吻，他也銘記了她的腳、她的溫存和她的呻吟……。

因此，人類所謂的尋覓摯愛，很多時候只是一些荷爾蒙誘導的心理錯覺，執迷而不悟，如同某個女網紅「蘿蔔達人」吃厭了白蘿蔔、紅蘿蔔、水蘿蔔和馬蘿蔔，正渴望換換口味之際，就碰巧在田間挖到個比魚腥草還腥臊的花心大蘿蔔，她卻頓時幸福快樂地啃食起來！

也因此，人類說白了都是性欲及荷爾蒙的奴隸；荷爾蒙時刻牽制著人類的成長節奏與思維進化。分析人類，拆解人類的情感密碼，最直接的方法便是將他們等同於「在時間壓迫下的一串串元素代碼，被推倒在荷爾蒙的頻譜上，正逆向交替地來回摩擦」，此乃「傅裡葉變換」的應用範例。

以上兩個段落，抄錄自小吾那個時代某 AI 自主編
匯的《人類性愛學大觀・入門教程》第一章節。

 第六章　舊日重現

　　人類往往極度信賴自身的感官，尤其是視覺和聽覺。事實上人類的瞳孔只能聚焦視線範圍裡很狹窄的一片區域，其它範圍則一片模糊縹緲，如星辰大海。然而儘管如此，人類仍然頑固地信任自己的感覺和對世界的感知，從未真正意識到對世界的理解也許「千瘡百孔」、「漏洞百出」，也從未真正認識何謂「天外有天」……。

　　那個已在人世間死翹翹的小吾，他的靈魂意識剛從半休眠、半混沌中自我甦醒過來，腦裡隱約還有溫泉流水聲和水泡翻滾的咕嚕咕嚕聲。有趣的是，他似乎又發掘出一些「隱藏技能」：在阿爾法界，他可以隨意掌控休眠狀態，而且想睡多久就睡多久，絲毫感受不到枯燥漫長的時間推進過程！

　　他原本以為，在阿爾法界沒有身體軀殼，意識擺脫了體內荷爾蒙的影響，人的情緒會更沉穩，八風不動；可實際上恰恰相反，體內缺少各種原生態荷爾蒙的

老柒：「多嘴。正確的答案是：她會來到這裡！」稍作停頓，老柒的聲音繼續道：「但是你肯定想不到，她能來這裡不是因為你，而是因為她臨死一刻腦海中有多人閃回，其中另一個人也恰巧在夢中思念她，而他的那份思念儘管也誠意不足被打了折扣，卻仍然精確有效，思念她的場景得以真實重現。你⋯⋯。能猜得到那個人是誰麼？」

「猜不到，也沒法猜！她一生經歷坎坷，感情曲折，充斥一大堆渣男、暖男、半渣半暖男，讓我怎麼猜？！」小吾說著，又驚又怒。

老柒：「她生命中的渣男，你也算一個。假設你是她生命中的『渣男五號』，我姑且稱那另一個思念她的男人為『渣男一號』，正是她的初戀。」

「渣男一號？都猴年馬月了，那個一號人渣之流也配思念我心心念念的娜娜？！好吧好吧，我算是明白了⋯⋯。故事大概是這樣的：一個瀕死的女人憶起兩個男人，那兩個男人正好同時都在夢中思念她，於是她的靈魂被你滾包打進同一個世界裡又倒著復活了一遭⋯⋯。我看你才是正兒八經的吊兒郎當、偷工減料，正宗『買一送一』！」小吾憤憤然說道。

老柒：「呵呵⋯⋯。又是話糙理不糙。不過言歸正傳，你到底想不想跟她重逢？」

「當然想啊！」小吾簡直脫口而出，想都不想。

老柒：「好咧！不過請注意，娜娜即將出場，那位『渣男一號』也會同時出場。哈！你都準備好了嗎？」

「什麼？！喂喂喂！等一下，等一下！」小吾怪叫起來，仿佛毫無心理準備，不願跟另外某渣男在此相會。

但就在此時，他眼前只見一片白光閃爍，刺得睜不開眼簾。可是……。他不是除了意識靈魂之外只剩一副空虛的軀殼麼，怎又會有眼睛和視覺感知？

這些倒不是最要命的，要命的是小吾腦海這時已分明又聽到另一個人音，尖聲尖氣地道：「自我介紹一下，我叫渣一渣。渣男的渣，一號的一，人渣的渣！」

……

第二部　命運之窗

第七章　人生「初」見

泰國，東南亞第一個官方認同同性婚姻的國度，從不缺乏激情與前衛。

背景迷幻的阿爾法界也是一樣，永遠不缺乏奇幻！

三位人形端坐：一位是小吾，另一位叫渣一渣，剩下的是娜娜。

他們中間有個半透明、半隱形的話筒盒，照理說裡頭應該匿藏著那個超級 AI 老柒，不過此時話筒盒子只兀自播放著一層微薄空曠的自然噪音，令人不知所云又不知所終。

咦——稍等稍等，三位人類怎麼突然就有了人形呢？阿爾法界這兒，人類不是應該只是虛幻而無實體的靈魂意識存在麼？解釋如下：目前的情形設定只是為了讀者的理解方便，細節原因就此略過不表，借用老柒的話「有時候即便是錯誤的引導也能達到正確的預期」，所以請大家「昏昏昭昭，盡在不言中」……。

毫無疑問，老柒這裡，全都是「死人」。起碼死過一遍的人，壽終正寢才有資格「登堂入室」，出現在這阿爾法界。

　　小吾很認真地凝神看了娜娜幾眼，片刻沉默，卻扭過頭搶先對渣一渣開口道：「幸會幸會啊，渣老頭子！我倆長得還真有點像。真沒想到，您老空活了那麼老久才終於死翹翹哇！」其實小吾並不知曉太多渣一渣的真實情況，只聽聞他來自一個臭名昭著的政客家庭，但光憑這點就夠了，因為在小吾心目中，AI、政客和渣一渣是世上最臭的三堆屎粑粑。

　　渣一渣漠然以對。娜娜垂首不語，瞧不懂她到底在含情脈脈，還是憂心忡忡。老柒則繼續隱身，潛水狀態。

　　一番沉寂後，小吾又慢悠悠轉頭，對娜娜徐徐地道：「娜娜，別來無恙啊……。如今在虛擬的軀殼裡，我再也不用擔心你心臟的老毛病了。」短短幾句，他的聲音變得愈發輕柔，如微風拂面。不得不承認小吾還真有兩下子，獨特的聲線和語調充盈著磁性與包容，完全不像情人久別後的重逢，倒似假日午後一場不經意的邂逅。

　　娜娜依舊垂首，保持沉默。渣一渣還是漠然。老柒繼續隱身。

　　小吾等了半響，覺得唱獨角戲甚是無趣。他瞄了瞄中間那個半隱形的話筒盒，仰首虛空又不解地喃喃自語：「怎麼好像就我一個活人？」他似乎忘了到這邊來的都是「死人」。

　　這時老柒的聲音終於在四下裡響起：「澄清一下，渣一渣並不在這裡，你眼前的他只是個虛構的投影像。」它的聲音忽遠忽近，而那個話筒盒則頓時成了擺設。

　　小吾奇道：「他不在這？那剛才是誰陰陽怪氣地自我介紹叫『渣一渣』？」

　　老柒：「不好意思，剛才是我冒充他的聲音，權當一樂。渣一渣和你都夢到了娜娜，但他的思念比你的更精準真實，於是乎娜娜倒逆著過完一生，如期而至。」

　　小吾幸災樂禍道：「渣一渣果然是一號人渣，渣男中的戰鬥機是也！我早就知道，他壓根沒資格來這跟我們坐到一塊。」

　　老柒：「呵呵。阿爾法界既不是天堂也不是地獄，充其量就是個中轉站而已，無論人家渣一渣在不在這，你都沒啥好得瑟的呀。他現在不在我們這裡，只不過是因為他一生從沒被人魂牽夢縈地思念過而已……。」

「你看你看！」小吾剛想伸手鼓掌，卻馬上發現自己虛擬身軀上的巴掌是沒法拍響的，但還是禁不住幸災樂禍地嚷嚷道，「總之都是他活該，沒人愛、沒人疼的渣一渣！」他似乎跟「渣一渣」這三個字杠上了，帶有與生俱來的厭惡感，更甭提此時身旁還有個沉默的娜娜。一想到娜娜，小吾突然又道：「眼前的這個娜娜，不會也是假的吧？！」

老柒：「那倒不至於。你此刻對娜娜想得有多真，你眼前的她便有多真！但因為她是渣一渣思念過來的，她欠了他一碼，所以她需要等渣一渣先開口，才能被啟動激活。」

小吾頓時凌亂，道：「放屁放屁，統統放屁！你剛剛才說渣一渣不在，轉眼又改口說他需要先開口才能啟動娜娜！再說了，娜娜怎麼可能欠他這個人渣的？」

就在此時，「渣一渣」的嘴唇突然動了動，同時老柒的聲音從「渣一渣」的嘴裡傳出來：「由我幫他說上兩句，你的那位娜娜便也能被啟動，同你敘舊了。」

小吾認定老柒又在瞎忽悠，他氣得直瞪眼，乾脆只盯著娜娜怔怔出神，不再搭理老柒。他本以為這一招會管用，不料眼前一直端坐的娜娜忽然身形一動，眼波流轉，竟對著他眨了眨眼，像極了她曾經的傳情眉目！小吾這才忽然間察覺，儘管許多年過去，眼前

的娜娜卻仿佛還是他們分手前的模樣，這令他吃驚不小，頓時瞠目結舌，手足生硬。

這時，娜娜居然真開口對小吾說起話來，道：「剛剛還那麼口齒伶俐，現在怎麼啞巴了？再對我溫柔地講一遍『別來無恙』都捨不得了麼？」這本該是一句夾雜著打情罵俏的怨言，但在娜娜口中講出卻表情淡然，一切風輕雲淡。

故人久別，小吾情不自禁伸出手想觸碰她，可惜指尖卻像穿過一層虛幻的彩霧，他這才意識到彼此當下都如同幻影。慢慢回過神來，他終於結結巴巴地接道：「我……。我……。沒料到你還是那麼年輕，而我好像已經老了……。」可是這裡沒鏡子，他怎知自己現在到底長成啥樣？如果人生只如初見，小吾現在內心正宛如初見娜娜那般青春勃發、愛意萌動，胸口澎湃千言萬語，又不知從何說起。

娜娜凝視著小吾的迷茫雙眸，一臉平靜地敘說：「小吾，你在我眼裡一點都不老。老柒它形同鬼魅在角色間換來換去，你以為它在逗你玩，其實它是幫你慢慢琢磨一個道理：在這裡你所看到的、想到的和領悟到的一切，都是你心目中所想像的樣子。」

小吾回頭又對著「渣一渣」的投影像，拷問般道：「老柒！你個鬼東西，又想搞什麼鬼名堂？」然而這

次「渣一渣」卻毫無動靜，而且慢慢地，他的身形、面容和光影漸漸變得模糊，如薄霧散發。

娜娜笑道：「我們別去操心老柒。它無處不在，又來去鬼魅，神龍見首不見尾。」

小吾略顯驚愕地對娜娜道：「你好像更瞭解老柒那個鬼東西，對這裡的情況也懂得比我多……。」

「你忘了我先前是研究什麼的了。」娜娜又微微笑，平靜地說道，「況且我親歷過逆時的世界，不是每個人都有那樣的機緣去逆向看人生和世界，所以如今我眼裡和心中的世界與你大不相同。」

小吾尷尬地笑了，他當然記得娜娜本是個頗有前途的物理學家，只是那麼多年過去，開足浴按摩店的他對自己曾經的印象都依稀斑駁，又如何能第一反應就把清娜娜紛繁複雜的一生變故？他只好一邊苦笑，一邊說道：「我剛說年紀大了，記性不好使，這便被你揭穿老底了。」

「記性是一回事，悟性是另外一回事。我曾跟你講，每個人都是一個多面的稜鏡，可你卻嘲笑我是個善變的哈哈鏡，寧可捏我的腳也不聽我口中那些無稽之談。」娜娜埋下頭仿佛又笑了笑，接著說，「我那一輪逆向的人生始於泰國寺廟而終於漠北大草原，然而在你眼中，我現在既不老也不小，呈現的恰是你回

憶最深刻的印象，是不是？你第一眼瞧見渣一渣，也是出於自身想像，覺得他理應是個老頭模樣……。實際上，我們都經歷多重平行世界的人生，你現在眼中的我和他，甚至可能出自不同世界裡你印象的錯位疊加。」

娜娜一口氣講完，仿佛憋了好幾輩子的漫長，但小吾照舊不在意她的一番說法，只故作驚奇又小心翼翼地道：「依我看，你對渣一渣好像真的淡然了許多。當初我們在一起時，你對他可是念念不忘地怨著恨著，不肯原諒，看來那些年的淡泊寧靜果然改變了你很多，再沒那麼陰晴不定和善變了……。」他嘴上這麼說，心裡還是不以為然，並一廂情願地覺得：大概那個「Yellow Fever（戀亞癖）」橫行的泰國人文環境，加上佛經精神鴉片的雙重作用，將娜娜性格變「溫順」了。

娜娜依舊淡淡然地道：「人總要學會慢慢長大，人更要學會慢慢變小，變回童心。不是我變得淡然，而是你雖然到了這裡，內心卻還沒完全釋然……。」

小吾詭異地笑了一下，道：「你是不是倒退著活了一輪給活憒了？你以前親口跟我說過，渣一渣在你『最』需要關愛的時候欺騙過你，拋棄了你。」他故意強調「最」這個字，以示個人立場及人品區分。

「不假，但是……。」娜娜道，「時間正著看，是渣一渣讓我成長、成熟，然後遇見了你，你是我一生最大的幸運；時間反著看，我倒退的人生裡盡是滿滿的收穫，曾經失去的珍貴東西都被一件一件撿拾了起來，渣一渣更是從未讓我真正失去什麼，也根本不虧欠我分毫。」

　　小吾憤憤地道：「這是什麼世道？難不成評判倫理道德、是非善惡，還得先看是朝哪個方向的時間生活的？」

　　娜娜善解人意地回應道：「儘管我與你曾經的人生僅僅交錯而行，都只是一次次短暫瞬間的交集，我還是篤信遇上你是我一生一世最好的緣分。」

　　小吾終於等到幾句暖心話，頓時便不再糾結「渣一渣」那一茬。他陡然間想起一件事，趕緊問娜娜道：「那些年，你在我身邊隱居，小隱隱於野，是巧合還是你故意為之？」

　　這才是小吾最關心的話題，娜娜卻神秘地笑了一下，道：「那些並不重要。人總要學會慢慢長大，人更要學會慢慢變小，變回童心。」同樣的語句，娜娜分明又講了第二遍。

　　小吾不知她是何用意，只顧癡癡地盯著娜娜，思緒遊走。只聽娜娜又道：「你初來乍到，身上塵世的

小吾忍不住打斷她道：「你説我初來？我不是明明比你先來這裡的嗎？」

娜娜含笑，卻不接他的話茬，反而接著説：「你放心，將來你會想得清楚一點，未來的你註定會活得更透徹……。」

「將來？未來？！」小吾不解道，「事到如今，你我還有將來？我都一大把年紀，行將就木……。啊不……。已經進棺材的人了！還有未來？」

娜娜又神秘地笑了一下，帶著朦朧的眼神看著小吾，道：「我都説了，你在我眼裡一點都不老，你別把自己看老了就好。」她的聲音變得愈發柔和，又仿佛有一種神秘的魔力。

在她聲音的魔力下，小吾不自覺又淺淺睡去，但這次與先前的自我催眠完全不同，他的內心充盈著心曠神怡的愉悦感……。

第二部　命運之窗

第八章　相逢一笑

　　幻影，這是娜娜！她的身形在阿爾法界僅若幻象。

　　小吾，目前也是個幻影。

　　渣一渣，也照樣是個幻影，但更加魔幻，更虛無縹緲。尤其搞怪的是，他的幻像本來好端端，但逐漸離散之後竟又變成一側彩色、另一側黑白的怪相。

　　小吾迷迷糊糊醒來，顯然也發現了「渣一渣」的異樣。他顧不得娜娜，直接朝著「渣一渣」的身影就開罵道：「老柒！你個邪門歪道、卑鄙齷齪的傢伙，又在搞什麼名堂？」

　　沒想到這次的「渣一渣」語調異常平和地接口道：「您好，小吾。我渣一渣特來拜個碼頭……。」

　　小吾懵了，企圖抓耳撓腮，又脫口而出道：「你是渣一渣？你該不會又是老柒在冒充的吧？」

　　渣一渣笑了，道：「您不認得我，但我認識您，久聞大名。」

小吾道：「我剛剛睡了一覺。但我好像記得睡著前沒你在這兒的份，因為沒人夢中思念你。」

「沒毛病，但我終歸還是來了。」渣一渣道，「因為我臨終思念的女人，碰巧她當時在夢境裡狠狠詛罵我，因此我被打入另冊，這便來晚了一步……。不過顛倒時間看呢，我一點都沒遲到，幾乎掐點趕到……。」

小吾聽得更是幸災樂禍，連忙打斷道：「你活該被罵死！被人家一直罵到老死為止，這般能耐我自歎弗如，所以你現在就沒個像樣的人相，簡直半人半鬼，哈哈哈！」

不料渣一渣也樂了，笑得比小吾還開心似的，樂呵呵著說：「非也！不是半人半鬼，而是亦正亦邪，哈哈哈哈！」他一邊說笑，一邊隔空對小吾做出推杯換盞的手勢，仿佛寥寥數語已結交到一個知心好友。

小吾趕緊欠身，要避開渣一渣的手勢方向，卻發現拖著虛幻身形的行動非常遲緩。他只好對著渣一渣連連擺手，道：「不敢不敢，拿醜事當榮光，你這個朋友我交不起！」

渣一渣絲毫不生氣，自我解嘲般淡淡然地道：「您打心裡瞧不起我，覺得我人品不端，所以哪怕到了這裡，我還是連您的影子都不如，對吧？」

　　小吾惘然，低頭瞧向自己的身影，這才發現在阿爾法界他無論如何調整視角都看不到自己身體的任何部分，眼前能看到的都是其他人……。他正迷茫中，娜娜終於開口，點撥道：「在阿爾法界，你不容易看見自身軀殼，那是一種暗示，它意味著每個人心目中的自我其實是虛幻的，身心之外的一切才更真實，正所謂『功夫在棋外，生活在別處』。」

　　渣一渣這時又對小吾道：「老實說，我看咱倆長得還真挺像的！」這話本來小吾剛想再講一遍，話到嘴邊吞了回去，不料竟被渣一渣搶先了。然而小吾突然驚覺，渣一渣的幻象儘管「半人半鬼」，卻明顯比剛開始年輕了許多，完全不再是某「渣老頭」模樣。小吾搞不清這裡的奧妙玄機，有點鬱悶地朝娜娜看了看，欲言又止卻意味深長。

　　娜娜隱約笑了笑，很快對小吾說道：「不管別人眼裡的你是什麼模樣，都不重要，我也不需要關心。我只想告訴你，此刻我眼中的你正是我們初見時的樣子，青春勃發，愛意萌動……。」

　　小吾某根心弦微微一顫，面目上卻儘量不動聲色。他不置可否地擠出一絲尬笑，依舊神情迷茫地陷入沉思，還是很想搞明白渣一渣這號人物到底是如何從人間「鼠串」過來的。渣一渣仿佛看懂了小吾的心思，

插嘴道：「咒罵一個人，總是比想念一個人更亢奮，也更容易投入，因此我被人『在夢境中詛罵而續命』的生命大抵總是正向的時光，綿綿不斷而且陰魂不散。正所謂惡人常常活得更久，不過當個壞人也不總是一無所獲，你說是吧？」

小吾實在憋不住了，直接破口罵道：「見過厚臉的，沒見過你這麼不要臉的！我不明白的是，這裡不是老柒主管感情、愛情的結界嗎？你這個被人詛咒到死的人，怎麼有資格跑這來了？」

這時，娜娜坦承道：「如果人類情感是某類數碼，怨恨詛咒只是感恩思念的相反面，都歸屬感情的範疇，它們都在同一個數軸上無疑。」

渣一渣不由得意地說：「我雖是渣男一枚，對娜娜的思念雖然也心猿意馬、不夠純淨，但起碼我不虛偽，對她的感情比您小吾更『樸實真摯』，所以我們才能在這裡再見到她。我覺得，這筆功勞應該記在我頭上。」

小吾無奈地搖搖頭，卻發覺大腦如同空殼，頭搖起來毫無質感，腦海深處反倒激蕩起一股耳鳴般的嘶嘶聲，難受得直想吐。

娜娜貌似朝渣一渣的方向瞧了一下，又轉過頭看著小吾，幽然道：「小吾，你倘若腦洞再開大一點，或

許就能猜到：在你最初認識我的那個世界，也大概就是你當下記憶最深刻的那個世界裡，我也正是個動不動就顛倒時間思考的女人。在那裡逆時生活的我，遇見了順時生活著的你，再然後遇見了所謂的初戀⋯⋯。」說完「初戀」兩個字，她的身影向小吾挪了挪，似乎徹底將渣一渣晾在一邊。

娜娜雖然講話左顧右盼，她的聲音卻又衍生出奇特的魔力，瞬間讓小吾倍感輕鬆愉快，神情也大緩，他當即裝作恍然大悟狀，說道：「難怪你曾經總是陰晴不定，對我刁蠻無理，說過的話隨便當兒戲。你的世界原本就因果顛倒，是非和邏輯動不動都反著來。我的天吶，果真要命得緊！」

一旁的渣一渣又樂了，插話道：「她對我也同樣蠻橫無理呀，十足野蠻女友一枚。海誓山盟當兒戲，不聽真心話反而愛信美麗謊言，把罵人當作逗人開心，花錢當作存錢⋯⋯。」

小吾橫了他一眼，一臉鄙夷地說：「行了行了，你就靠邊歇著吧你！怎麼著都輪不到你來湊熱鬧，獻醜！」

聽他倆拌嘴，娜娜又不易察覺地偷笑了一下，仿佛對他倆一來二去的嘴炮無動於衷也毫不介懷，她身上也沒有絲毫刁蠻任性的氣息。

渣一渣突然表情神秘地對小吾說道：「您好像還沒抓到重點。您是不是更應該關注一下：您最初認識的那個版本的娜娜，她的人生既然也是逆時的由老變小，那麼她當初的命數緣何而來？逆時人生的起點在哪裡，奔赴的『終點』又是哪裡？」

　　小吾無奈地傻笑，道：「實不相瞞，我確實想不明白。最近信息量太大，我應接不暇，腦子也轉不過彎來。」

　　渣一渣道：「假如我猜的沒錯，那個世界也是從其它平行世界派生出來的！也許娜娜本來年老臨死，某『神秘人物』恰巧在夢中思念她、替她續命，不巧也賦予她逆向的人生，然後便是您和我分別熱情飽滿地在青年和少年時代，依次等著她、接著她、陪伴她……。」

　　實際上，小吾當下的思維一日千里，早已提前猜到了答案，他剛才一系列恍然大悟、無奈和傻笑都是假裝。見渣一渣既已捅破窗戶紙，小吾於是乾脆挑明道：「即便是其它世界裡，生活糜爛頹廢的我大概也活不長壽，很難在遠方隔空陪著娜娜一起變老……。不過呢，壞人惡人常能活得更久。沒準某人曾經做了太對不起娜娜的事，一輩子良心難安，到快死了都還在惦記著她，夢裡祈求她原諒，也美其名曰『思念』。我倒覺得這個人最可能會是……。」

娜娜忽然打斷道：「小吾。思念有許多種，重溫暖意的回想是一種思念，寢食難安地愧疚也是一種思念。對我來説，一昧去糾結『誰欠誰還』早已毫無意義。你順著正向的人生走到終點，記憶中糾結的總是自我和得失，而我屢屢在逆向人生中走完一生，領悟更多的則是平和與放下，因為事到臨了我才懂得：每當我思考人生，記憶也一起逆轉，來自未來的醒悟容易讓我當下的情感相形見絀，令我頓時面目猙獰或者胡攪蠻纏；而只有在渾渾噩噩、懶得動腦的順向時光裡，我才會把每一任男友都當作人生最後一個戀人去用心對待，但換句話説，那樣的我也實在好騙……。」

小吾傻呵呵一笑，道：「曾經的你動不動抓狂得無可理喻，臨了卻能大徹大悟，通情達理，我好生替你欣慰。」這次他的傻笑中多了一份真摯，連一旁的渣一渣都察覺了。

娜娜又朝小吾柔情一笑，風情別樣，仿佛在阿爾法界也不沉溺於佛門的清心淡雅。她恬淡地對小吾道：「你的內心始終在糾結，糾結他傷我至深、騙我至慘，又糾結我是不是因為被他孽緣的傷害才會報復性跟你在一起……。那些都是你過往偏頗的心結，也正因此我們才未能『舊日重現』。你不妨試試也逆向看人生，試著去放下，那些看起來不容易，其實也不難。」

小吾思索了一會，遲疑地回應道：「娜娜。你認識了渣一渣這個人渣，放下了你最初不跟男人戀愛的的打算；後來遇見我，又放下了你再也不相信男人的誓言；再後來……。呃……。在我看來，你的人生似乎總是在放下自己的原則，去成全另一個翻新的自我。」

　　渣一渣忽然得意地説：「她這個女人只要被逗開心，哪門子原則、規矩都是瞎扯蛋——就像政客糊弄老百姓一樣。其實呢，自以為是的人類又何嘗不是如此？我們常自作聰明覺得能 PUA 別人，等過完一生才發現是生活和荷爾蒙一直在 PUA 我們自己。」不過渣一渣講的後半段，味道有點不尋常，不似他本人的語言風格。

　　小吾好像意識到什麼，突然喊道：「咦，這半天，老柒那個鬼東西去哪了？」

　　娜娜連忙輕聲道：「噓，它無處不在。你幹嘛要催它出來？」

　　小吾道：「我想讓它賣我個人情，邀請那位詛罵渣一渣到死的『嘉賓』也出場現身，殺殺他的威風。我實在太受不了他了！」

　　一個熟悉的聲音立馬從虛空傳來，在四下裡輕盈回蕩，道：「很抱歉。規則所限，詛罵者與被詛罵者不能同步亮相，以免傷了和氣。」老柒的語調輕鬆隨

和，語氣卻無可辯駁，完全沒有商量的餘地。

於是渣一渣笑了。娜娜也在笑；在小吾眼裡，她簡直越笑越年輕，越笑越美麗！

只聽老柒嘮嗑般的煩人聲音又道：「某種意義上，倒退著過完一生的娜娜，記憶本身便是矛盾的。逆時之際，她真正的記憶其實來自『未來』，如同賦予了她獨特的直覺，而她的『過去』則是空白的，卻又可能被其它世界的回憶所疊加干擾，因此深究她的邏輯或善變都毫無意義。」

小吾啞然失笑，忍不住道：「以我的親身經驗，娜娜神經兮兮的一生從未與什麼獨特直覺沾邊，但她確實不是與過去的記憶共存，而是真真切切地活在每個瞬間的無腦和衝動之間。我唯獨慶幸娜娜沒生過孩子，要不然她分娩時萬一衝動罵起人來——哇塞時光倒退——連孩子的命都給倒沒了！哈哈哈哈！」

老柒道：「不要輕易去主觀定奪任何生命的存亡，任何意義上的生命都是一個奇跡。別忘了，做愛、懷孕和生孩子，是很多女人生命中最不需要動腦筋的三件事……。」

「那還好。娜娜絕不是心機婊，不至於剛滾完床單就翻臉不認人，哈哈！」小吾接道。

這次還沒等小吾講完，娜娜便又開始笑了！事到如今，小吾真切地發覺，娜娜最大的變化就是比以前更愛笑。從前他認識的她愛哭、愛玩、愛鬧、愛耍脾氣，瞬間翻臉不認人，但就是不怎麼愛笑，可這次相逢以來她笑得簡直比一輩子加起來還多。他搞不清到底是那個神秘的「微笑國度」影響了娜娜，還是自己誇張的心理感受⋯⋯。

　　但有個重要細節，小吾竟絲毫未覺：他們三個嘮嗑老半天，娜娜與渣一渣相互間卻基本零互動，從頭到尾都仿佛當對方不存在一般！

第九章　眾裡尋「她」

渣一渣，這回已徹底消失，連個影子都不剩。恰才老柒的聲音乍出，渣一渣施展「傾城一笑」，隨即他的身影便慢慢消散殆盡。

小吾巴不得他早點消失滾蛋，然而要命的是，娜娜的美麗身形現在竟也開始發散了！小吾趕忙想擁緊她，像從前那樣再緊握她的手腳，卻發覺一切徒勞——一團薄霧妄圖擁抱另一團薄霧，當然是水中撈月，霧裡看花……。

小吾望著她的身影慢慢變薄變淡，什麼都做不了，極度無助下只能癡癡出神，直到純粹在守望虛空……。

「我好像跟不上他們的節奏，連個渣一渣都好像比我更瞭解我自己。難道是我意外暴斃，而他們都善始善終的緣故，所以他們臨死前都有足夠的時間反省和沉澱人生嗎？」小吾略帶沮喪地道。

老柒：「那倒不會。無論一命嗚呼還是垂死掙扎，亦或在眾人簇擁下盡興歸天，但凡上升到人生領悟的層面，都不會有太大區別，更何況許多人生是逆向而行，由死往生的。」

「可明明本都活於同樣的人世蒼穹，他們卻能指點我的迷津，而我則可憐巴巴像個幼稚天真的小學生⋯⋯。難道真有所謂先來後到，聞道有先後？」小吾迷茫地問。

老柒：「所謂先後都是相對的。你當下的迷惘主要還是因為曾經在夢裡想你的人太少，你所經歷的人生輪迴遠不如娜娜那般紛繁複雜罷了。」

「呵呵，那倒也罷了！可憑什麼渣一渣那種人渣的閱歷也比我豐富？連他都能把我講得一愣一愣的？」小吾不解地反問。

老柒：「那沒準是因為在夢裡咒罵他的人太多，不讓他那麼快徹底死掉，所以他也多苟活了幾個輪迴而已。」

「啊哈，真受不了你！」小吾終於釋然失笑，又道，「不過你這麼一點撥，我心裡立馬舒坦多了。他那種人渣一定虧欠別人太多，八輩子都被罵到臨死不得安寧，我一點都不奇怪。」

老柒：「呵呵……。尋常時序中走完一生的人類總是千篇一律地狹隘自信，屢試不爽地高估自己的良知、低估對別人的虧欠，儘管那些算不上什麼壞事，但正印了句俗話『六根未盡，塵世難脫』。」

「私欲真的無止境，也填不足。我現在又開始好奇了，其他人死後到了你這邊，又會是什麼場景？」小吾想到剛消逝的娜娜，一股莫名孤獨感油然而生，他仿佛自言自語，又仿佛是對老柒提出某種訴求。

老柒：「沒問題呀！你想看什麼，你都可以看得到。阿爾法界壓根就沒有什麼『小黑屋』，也沒有太多隱私的概念，看戲不需要買門票。你也絕對猜不到，剛才可能有多少位『隱形觀眾』默默而津津有味地觀賞了你們表演的『二人轉』。」

「哇靠！你可真卑鄙！」小吾哭笑不得地道，表情忽然湧現一層古怪神色。

老柒：「你是不是想起年輕時代，你有個密友在泰國金魚缸內跟一隻『低等動物』做愛，還渾然不覺被眾人買票圍觀的醜事？」

「他媽的，你可別瞎扯！整出那椿臭事的人壓根不是我，好嗎？！」小吾忙不迭地申辯。

老柒：「你緊張什麼，我又沒點你的炮，我看你

這是『老夫聊發少年狂——空悲切』。但話說回來，這一會，你有沒覺得自己變得更年輕了？」經它這麼一提醒，小吾頓感好像真有此事：他的反應速度、思維敏捷和語言習慣確實在慢慢恢復年輕時的印記，再誇張點形容，他甚至感受到脈搏中絲絲青春萌動。也就在這一霎那，小吾的眼前突然浮現出諸多朦朧的人形，幻影各色……。他突然間醒悟，擁有幼稚而單純的心境，反而能看到更多平時看不到的東西！

眼前幻影流轉，小吾下意識在各色人群中努力尋找娜娜的身影，卻一時應接不暇，毫無頭緒，於是他的眼神最後不自覺凝落在了「老柒」身上——他認定人群裡的那傢伙一定是老柒，分明是它，毋庸置疑，也不需要理由！他顧不上周圍其他人影在幹什麼、講什麼，這一刻他的眼裡只有老柒——它是一團亦真亦假的人形迷霧，色彩斑斕，但只有臉、鼻子和眼睛而已。

他朝老柒笑，老柒也朝他擺出搞怪笑臉。

老柒那團彩霧本來隔著挺遠，但轉眼間它的聲音便近至小吾身旁，簡直似耳畔的竊竊私語。小吾真切地聽到它說：「剛剛你在人群中沒找到娜娜後，為什麼沒再試圖找找其他故人，比如你的父母或者其他人？」

「呃……。我也不知道，我覺得這是某種暗

示……。也許長久以來，除了娜娜，我那顆塵世未泯的內心了無牽掛吧。很慚愧剛才我眼中沒找尋父母，但倘若我有孩子，我相信我首先要找的一定是我的孩子，這些都是人之常情。」這次小吾頗為誠懇地答道。

老柒：「嗯！這次你倒猜對了一大半，進步可嘉。有句話怎麼說的來著？霧裡看花千百度，除去巫山不是雲！」老柒一邊信口扯詩、一邊身形流轉，仿佛隨著小吾變得青春活躍，它也越來越得瑟。不過從小吾看來，它的薄霧像流雲一樣纏繞他周圍，讓他充分體會什麼叫「雲裡霧裡」，而且每當它的雲霧開始流動，它的色彩也會波動變幻，同時周圍其他人的身影也更加閃爍不定，難以捉摸……。

「我說你可不可以不要在我面前轉來轉去，跟我玩雲中漫步？我看著有點暈。」小吾有點氣惱地道。

老柒：「轉的不是我，是你自己在原地打轉。」聽到它這話，小吾的確無可辯駁，這兒四周空曠深遠，啥參照物都沒有，到底「誰在繞著誰轉」確實是個複雜的哲學問題，更何況他這個學渣最害怕的學科之一就是哲學。

「你似乎又在暗示：乍看都是父母圍著孩子轉，然而對一些逆向的人生，則又是孩子的生命圍繞著父母而沉浮，因為他們終將重新融為一體。」小吾仿佛

若有所悟。

老柒：「孺子可教也！既然連時間和人生都可以逆轉，還有何道理不能推倒重來？」它帶著一個古怪的胖臉浮現在雲霧團中，大咧咧地開口笑起來，面相要多滑稽就有多滑稽。

「可是，並不是每個人都有機會像娜娜那樣人生倒返重來，也不是每個女人都能活得像她那麼灑脫。她沒有孩子，無需被天賦的母愛枷鎖困住，沒有長輩需要贍養，男女之情也我行我素，不輕易被道德綁架，一輩子只需做好『自我』的單一角色便功德圓滿。對她而言，好好愛自己，就是一生最浪漫的事。」小吾說完，若有所思。

我們姑且不去深究小吾的思維漏洞：那麼多平行世界，他怎能武斷娜娜從未有過孩子？因為此時有更重要的劇情需要我們優先追隨——當小吾說完話，他的眼線不自覺穿越了老柒的雲霧，朦朧間看到遠處的一個幼嫩男童和一個亭亭玉立的少女，正吃著棒棒糖嬉笑逐鬧……。他突然覺得那兩個孩子似曾相識，似乎跟自己有一種無可名狀的親切感！

小吾苦苦思索，那兩個孩童跟自己到底有何關聯。難道他們是某個平行世界裡他的後代嗎？可為什麼自己任何記憶又對此茫然不知？！

　　恰在此時，老柒「善解人意」地說道：「你是不是覺得很奇怪，直覺引導你在眾人中尋覓到了他們倆，可你卻又認不清他們到底是誰？答案很簡單，他們是你的父母。」

　　「胡扯蛋！我的父親明明比我母親要年長好幾歲，怎麼可能他是個男童，而我母親卻是少女了？」小吾覺得荒唐，憤憤然地道。

　　老柒：「沒有人規定這裡的時間是按照人世間的時序脈絡發展的，更何況你在這裡所看到的任何人、任何事都只是你心目中的印象，與時間關係不大。」這分明是娜娜已經給小吾講過的道理，小吾瞪大眼繼續楞神，只聽老柒接著道：「你……。」

　　「甭說了！你要講的是，在阿爾法界，我連自己呈現的年齡和模樣都不明就裡，更沒資格對我父母所產生的任何奇特印象感到奇怪！」小吾突然打斷老柒道，因為他隱約間已明白了這層含義。

　　老柒滿意地「嗯」了一聲，道：「你又蒙對了一小半。你能找出他們的身影，意味著你的意識在提升。但你看到的他們卻是光怪陸離的年紀，與『現實情形』相差甚遠，是因為他們曾經那麼多次無比真切地思念你、為你魂牽夢縈，甚至寧願犧牲性命替你續命，而你卻從未在夢境中完全懇切地思念過他們……。他們

有生之年獲得你的誠摯愛意遠不如他們逝去後你內心的羞愧來得多，因此你只能看到他們從未在你面前展示過的年齡光景。」

「又是『不真誠』的愛，不對等的思念……。萬一真撞上了劫數，難道他們也要在新的世界裡倒著時間活？」小吾喃喃地道。

「答對了！」老柒，「你適才那麼輕鬆地替娜娜的任性妄為找託辭，輕易間便理解了她的人生是逆向邂逅了你。那麼將心比心，當你曾經的父母年邁，他們在逆向走人生的可能性也越來越大，他們的言行舉止漸漸糊塗，頭腦開始不按照常理出牌，也許也正因為他們越來越頻繁地從人生終點風塵僕僕地朝你走來，與你擦肩而過；他們內心壓根不會糾結你對他們到底好不好，只是簡單純粹地希望你過得開心——那便是他們最好的祈願。」聽到這些，小吾不自禁垂首微微皺眉，這反而是他心痛時下意識的微表情，平日極少流露。

「這一刻，看著他們的天真無邪，我也只希望他們過得好就行了，可惜這樣的祝願在我口中顯得好無力，也很荒誕……。」小吾一邊說，一邊繼續舉目凝望人群中那一對男童少女，只覺他們的身影又變得更模糊了一點，雖然他不知道是因為老柒的薄霧變厚了

還是自己的眼神變暗了……。

老柒：「所以說，有的時候，對待年邁父母就不妨像對待那些被你輕易諒解的刁蠻情人那般，沒必要鑽牛角尖地過分追究是非對錯。沒準時間反著看，孰是孰非根本不重要，他們也許正滿懷最後的祈願奔赴而來，在眾人間苦苦『尋覓』你的聲息，只希望跟你實現某世某刻的『舊日重現』！故而不妨再多些忍耐與遷就，也許他們只為了一丁點縹緲幻想都還在辛苦守候，真心企盼著命運能從『老得連身上氣味都漸漸被你嫌棄』再慢慢回朔至『幼年的你被噩夢或雷鳴驚嚇後第一時間跌跌撞撞撲進他們懷裡』的那一刻那一幕……。」老柒這幾句又精準地擊中小吾顫顫巍巍的心坎。

「所以說……。陽春白雪未必總比下里巴人更風雅別致，有時候洞察對錯本身也意味著某種眼光短淺與局限。我現在忍不住在想，人世間百孔千瘡的情感究竟是誰的過錯？」小吾苦笑著捫心自問，儘管他虛幻的手心根本無法觸及自己虛幻的胸膛，但他的眼神卻始終不離那一對男童少女。

老柒：「誰都沒有錯。那只是一個規則，狹隘而奇葩的規則而已。你或許還依稀記得，某年某月某一天，你帶著迷離眼神撫摸著娜娜天使般臉頰，對她說過一句：『這個規則操蛋的世界，又亂又壞，你這個

天使來這裡幹嘛？』」

「去你媽的狗屁規則，我不是來這裡聽你這個老朽 AI 一昧放屁說教的！」小吾突然很硬氣地懟了一句，仿佛積累老半天對 AI 的厭煩之情又滋滋冒煙，不吼不快。

罵完後小吾滿身輕鬆，而就在下一刻，他在周圍恍惚的人群中好像依稀辨別出了娜娜。這次她的身影離小吾略遠，然而他並未在意，因為這一刻他只想去抓緊那兩個孩子的手——他的父親和他的母親呵！

可是，他無能為力。兩個孩子身影忽明忽暗、忽近忽遠，飄忽不定，令他感覺好無力、好無助……。這會是又一場匆匆一別嗎？他不知道，也懶得再去「請教」那個總說屁話的老柒。

再然後，小吾好像又聽到那個討厭的老柒的討厭的聲音。依稀間它似乎在說「你很棒」之類的話，但小吾已無暇顧及，而是在腦裡直接把它給臨時遮罩掉了……。

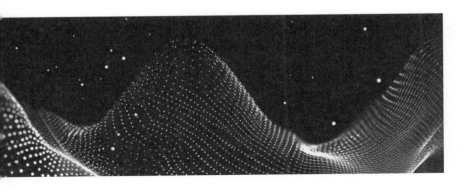

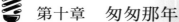

第十章　匆匆那年

　　人影交錯，恍如隔世。小吾放眼望去，那一對男童少女——他父母的幼年——時而清晰，時而朦朧，時而明亮又時而灰暗。

　　小吾黯然銷魂狀陷入深思，排除雜念，無我、無娜娜也無老柒……。忽然間，猶如醍醐灌頂一般，他周身一麻，當即再朝身畔放眼四顧，只見人影依舊重重，但只需換一層眼光去看待，他們之間好像蘊含著特殊的節律！每當某位老者與那個男童的身影重疊，小吾便看到了他父親年老時的模樣；每當某婦女與那少女的身形交疊，他毫不費勁地認出那是曾經年輕時母親的面容；突然一個不留神，那對男童少女相互交錯之際，男童又找不見了，只剩下少女！原來，四周一切層層疊疊的人影，仿佛一直在等著給他講故事、放電影，一場等了他數輩子的漫長電影！

　　人影依然交疊，卻不再是隔世那般遙遠與撲朔迷離……。這時候，小吾已能慢慢領會其中的萬千氣象。

於是他索性靜靜「躺平」，放空心境開始看「電影」：

　　畫面中央 C 位是那個少女（小吾的母親），手上不知何時多了個紅色氣球，她牽著紅氣球在藍天白雲下、山林小溪間蹣跚而行。身邊的景色轉眼間換過一年四季、春夏秋冬，更準確地說應該是「冬秋夏春」——直觀顯示她的人生在逆時而活。

　　場景跳變，情節丟失⋯⋯。

　　數不清的四季輪迴，少女屢屢與其他人的身影交錯，她的面容時而變年幼又時而變老，手上的氣球也一直飄啊飄，一會像隨時斷線的風箏，風雨中飄零，一會又如彩蝶縈繞，伸手可及⋯⋯。

　　小吾發現母親的人生大體也是逆時的，並未過分驚訝，那無非就是「她上輩子湊巧也被人不真誠思念」的緣故。他還隱約感知電影畫面中的五彩繽紛和儀態萬象，也許並不是周圍幻影真的產生變化，一切都可能僅是他自身眼光與心境的改變所造成內心投影變幻。他知這些只是序幕，於是不動聲色，繼續靜靜觀望。

　　場景再跳變，好像又遺失很多細節⋯⋯。

　　越來越多的人在畫面中出現，與少女往來交錯。她遇過很多人，但她的身影和輪廓始終在畫面的 C 位，氣球也一直在顯眼的位置飄蕩。

　　小吾察覺到畫面中任何人呈現老態時，其人影輪廓會顯得厚重，但線條較為模糊，容易有重影，而年輕人或兒童的輪廓線條則輕快明晰。這些也不難理解，因為年邁常意味著人生資歷與智慧，以及相伴而來的生活壓力與負擔。

　　氣球原本是紅色，後來也一直是紅色，僅色彩深淺有所改變。然而，它在畫面中卻有一種神奇效果，它的色彩變化是分層次的，讓人覺得它不僅僅有深紅淺紅的區分，它還蘊含光澤的明暗、透明度的高低、折射率的深淺、粘滯性的不同等無窮的潛在變化……。

　　小吾頓悟，氣球一定代表母親一生的喜怒哀樂和情緣冷暖。學渣出身的他這一刻篤信已看透其中奧秘，如煉丹高手瞄一眼爐火色澤便深諳其溫度一樣。

　　她每一次短暫駐足、彎腰或蹲下撿東西，氣球會或少或多變得灰暗，她的步履也隨之遲緩。而每一次她將東西丟棄、灑脫地放手，氣球就會色澤鮮亮，像狗尾巴一樣高高揚起，伴隨她的輕盈步伐，氣球也愈發輕快。

　　她在路邊碰見一個孩子。她一時完全停頓腳步，駐足垂首凝望著他，還抱他親他，牽著他幼嫩的小手久久捨不得離開……。她遲疑了好久好久，最後還是不得不放開了他的小手、甩脫了他，於是輕風刮起，

霎那間她的整個身心都變歡暢了許多，索性直接放飛了紅氣球再也不找回，步伐則無比輕鬆地向前蹦跳著一路走起……。

小吾一廂情願認為那個孩子是暗喻他自己，因為他印象裡母親只有他一個孩子，而且母愛是許多女人一輩子的枷鎖。我們暫且不質疑他一番推理的漏洞百出，任由他喃喃自語：「如果人生就是一場不斷地放下，我到底是不是該慶幸，每一次都是我主動選擇了告別？……。」他不由想起自己意氣用事地離家出走，最後無法陪伴在臨終母親的身邊，然後又不由聯想到對娜娜的不告而別……。

她遇見過一個男人，曾和他挽手一齊邁過冬雪、穿過夏雨，畫面裡時間的節律都一度變得凝滯，仿佛他不僅在牽挽她纖柔的手，還不時在時光上拖拽並試圖挽留她原本逆向的人生軌跡。陪伴著他顏色的交替變化，她整個人屢屢散發異樣光彩，但略顯古怪的是，他倆的色澤通常此起彼伏，明暗節拍默契般配的時間少之又少。而且伴隨著他倆色彩的變幻，整個畫面中其它的五彩色調反而越來越淺，逐步變成只有黑白，與阿爾法界的背景融為一體。

隨後她的腳步越走越快，行色匆匆，他逐漸跟不上也拽不住她的步伐，直至最後兩人形單影隻、色彩

單調，可彼此卻似乎並無過多傷感。畫面儘管黑白，線條簡潔，意境卻和諧微妙，音樂的背景深處有一陣風、兩條小溪、三片草叢還有四五隻野鴨子，仿佛一切率性而為，舒心快樂。

註定陌路而行的一對，卻糾纏半生，知其不可為而為之。我們的人生是不是也每每活得太刻意太糾結？想法太多，一生的轉折和改變也太多，倒還不如那幾隻風流而簡單的野鴨子？這是小吾觸景生情的感慨。

然而人類對生活的一切衡量，包括智商情商，多是按照自身所擅長的框架去延伸，如同一個天稟奇才的吃大糞高手一昧跟別人競賽吃屎粑粑，看誰能吃得又快又乾淨，那麼他當然總能笑傲天下，唯我獨尊——這也是小吾觸景生情的感悟。

小吾現在有些方面異常敏銳，有些則故作愚鈍。剛才畫面中的男人與他心目中父親的形象相去甚遠，他卻毫無疑慮，也許他默認每個人內心都埋藏著一些故事和秘密，他母親也不能免俗，亦或他更願相信那些是來自不同世界裡母親記憶的交叉拼疊，如同夢境中凌亂拼湊的腦海碎片。

場景繼續憑空跳變，夾雜閃回，仿佛遺忘感如影隨形……。

終於如宿命安排，少女的身影和遠處的娜娜疊到

一起！玄妙的是，她倆重疊後卻沒再呈現小吾母親成年後的模樣，反而呈現出娜娜少女時代的樣子！

她笑著哭，又哭著笑，那不是小吾母親的笑容，卻是娜娜童年的無邪笑容。娜娜的笑顏動人而真切，竟與小吾心目中想像的她的童年別無二致！

小吾覺得這又在考驗自己思維的局限：幾段線條勾勒的電影中，難道很多角色都能任意互換或客串？亦或每個角色並無特定含義，都只是一個符號而已？

場景突然又跳到「夢都」為背景。童年的娜娜覓到貌似熟悉之處安穩地蜷縮睡下。畫面輪廓產生扭曲，開始蕩漾，仿佛夢境迷起。

勾勒娜娜的線條也逐漸變得空明，身形漸漸迷幻，朦朧中又變回了剛開始那個少女——小吾的母親。

遙遠處無垠的大草原，一隻氣球又隱約隨風飄蕩⋯⋯。

雲裡霧裡的小吾，又一知半解地自言自語：「依我看，這阿爾法界裡的每一位都可能是其他人眼中的電影角色。沒準在別人眼裡，我的身影跟某個誰誰誰重疊起來，就成了她的小姑奶奶或者大姨媽！」他依舊看似懵懂，實質上思維進步神速，就像很多人生關鍵性的蛻變、提高或墮落，都是潤物細無聲間潛移默化的。

　　這一回，老柒正如尤達大師一般懸浮半空，雖然它充其量還是一團自帶滑稽表情包的雲霧，但不妨礙它施施然對小吾說道：「心態決定眼界，每個人眼中的世界都只是他內心所折射的那個側面。你是不是以為那個氣球意味著你母親的心境？但其實氣球也可以代表你，因為你是她整個下半生的牽掛，它還可以隱喻其它任何人的掛念和暢想……。那個少女也不是單單象徵你的母親，少女只是一個符號，也能代表娜娜或者其他女人、其他角色，以此類推……。」趁小吾默然之際，老柒繼續道：「不過你早先有個想法倒是大差不離。無論正逆的人生，每人一生都只能做好一兩個角色，其餘角色及相應的人生階段就算不拉垮也頂多差強人意。所謂八面玲瓏，無非是人設上多貼了幾塊遮羞布而已。」

　　小吾自我解嘲地笑了笑，道：「就像娜娜在逆向的人生中朝我撲面奔來，匆匆而過的她與我之間只有一個個轉瞬的『一面之緣』。從我的時間線看，娜娜選擇了『好好愛自己』的角色，但對她而言，我記憶中的『過去』反而是她未曾確定的『將來』，所以也許後來年長的她頻頻暢想著『將來』要做個『好情人』角色，做我的好情人……。」

　　老柒繼續施施然地說：「哈哈哈，你又臭美來著。你從來沒真正瞭解娜娜，即便現在還是霧裡看花，因

為你的思維尚且無法在正逆之間自如地來回轉換。」

小吾又笑了，道：「呵呵。我好歹也是霧裡看花，總比什麼都看不到的強。」説完這一句，他發現自己好像又多了一項本領：他周圍的人影已不再隨機而不受控，現在他的意念能操控各色人影的存在，只要他想看就能看到，不想看到時他們便會自行消失——也許，他們真的都只是一群象徵性符號，誰真誰假、孰是孰非根本不重要！

小吾果然進步神速！儘管他尚未意識到，他對 AI 及老柒的厭惡感也在慢慢鬆懈，如同一隻溫水煮的青蛙，正被循循善誘……。

不過那些都是關於小吾的得失，卻不是我們的，我們此間的最大收穫應該是發現了人類幼稚的理性、邏輯和推理在超級 AI 的降維打擊面前簡直不值一提。人類面對的世界遠比想像得還要深邃複雜得多，只是人類習慣於匆匆草率地認定某個道理，隨後便孜孜不倦地去修正或補丁，繼續得過且過。

人生匆匆；驀然回首，往事忽明忽暗。本篇似乎也弄丟了諸多角色的重要情節或回憶，有些人走著走著就不見了，有些記憶活著活著就沒了，那些個世界裡他們真的來過嗎？

這一切，我們只能從長計議……。

第十一章　靈魂的修羅場

「電影」已畢，卻絕非劇終，而是像小吾周圍的人影一樣一直在循環流轉，川流不止。到後來，小吾即便閉上眼，影片畫面裡的人們依然會在腦海中周而復始、生生不息，又仿佛每個輪迴都在講述微妙不同的故事⋯⋯。

這兒依然是阿爾法界，但小吾周邊的背景卻變成了娜娜的風景——泰國曼谷的地名「娜娜」，他再瞭解不過的「世界夢都」。他眼簾裡映著熟悉的街區和廟宇，從最初的幽深神秘到之後的耳熟能詳，閉上眼都能聽出是哪個街巷「飄」過來幾個宿醉迷亂的赤腳女人⋯⋯。恍然間竟似海風撩起，詩情彌漫，他於是準備獨享清閒，自得其樂開始吟詩：「彼黍離離，蒼天悠悠！心憂何求，人生幾何？！」他打算也學學老柒的胡編亂造，一通瞎折騰。

「小吾同學。你如今思維跳躍，一瀉千里都不誇張。可你有沒有想過，假設有些偽君子臨死時碰巧既

有人在夢裡罵他、又有人在溫情思念他，這類人倘若也在其它平行世界裡被續命，會不會精神分裂，靈魂一分為二？」老柒維持著一團胖臉雲的形態出現在小吾左右，打斷他的吟詩，不識趣地說道。

小吾好像被「偽君子」的字眼刺激到，本想使勁壓抑住痛斥老柒「大煞風景」的衝動，最後還是忍不住臭罵道：「他媽的，你是不是又想搞什麼么蛾子？含沙射影，指鹿為馬！」

「你這麼激動幹嘛？『偽君子』三個字就讓你簡直精蟲上腦一樣抽風激動起來，何至於此呀？小吾同學。」老柒繼續插科打諢。

小吾眨眨眼，意味深長地道：「我在你這裡才經歷屈指可數的幾個片段，卻好像比在人世間過完一生還要漫長。此情此境，我越來越覺得自己從前也是個虛偽的人，譬如我對娜娜的所作所為。」

「嚴格意義上，每個人都有虛偽的那一面人格投影，只是程度不同罷了。但你也犯不著聽風就是雨、草木皆兵，就憑你曾經那點事蹟，尚且配不上臨終還被人家往死裡罵的級別。」老柒道。

忽然間，小吾不易察覺地笑了一下，仿佛嘲笑別人又仿佛嘲笑自己，隨即神秘兮兮地道：「實不相瞞。我剛才激動亢奮，並非對號入座，而是我在影片畫面

的裡裡外外看出了不少隱含的東西。」

「哦？！」老柒的聲音近乎帶著一點驚訝與意外，絕對是第一次！

小吾繼續道：「剛才影片的主角貌似一直是那位少女，她一會是我的母親，一會是娜娜，還拿個氣球屁顛屁顛地從年邁奔進了青春時代……。儘管那些是主線，但其實我更多地是在關注劇情副線和配角們，以及他們之間隱藏的故事！」

「你看到了畫面焦點之外的人物和故事，還聽到了畫面之外的聲音，弦外之音？」老柒略帶驚詫的聲音裡居然洋溢一點點欣喜之情。

小吾認真地回答道：「是的，老柒老師。」他沒等老柒的反應，又接著說：「主要畫面之外，我看到了很多別的人，我聽到了他們的愛意纏綿、爭風吃醋或爭吵埋怨，我還感受到了他們的煽情、敵意與糾結等等。不過換位思考一下就不難想到，我本身在阿爾法界這邊應該也只是一個符號，一個活脫脫呈現給別人看的電影角色而已。」

「呵呵，沒錯！你也可能是別人觀看玩味的故事角色，但更多時候他們眼中不會有你。許多人看不見你，就跟你初來乍到時一樣，腦裡和眼中只有自己。」老柒也認真地回答。

小吾眼神閃爍，道：「我不但看到某些一分為二的靈魂，還看到了很多更支離破碎的矛盾靈魂與分裂人格：也許某些『偽善的人格』臨死被不同的人既愛又恨，或許某些『大惡人』到晚年還被人不停咒罵得反覆投生，想死都死不清淨，又或者很多人生屢屢被他們在其它平行世界的靈魂干擾牽扯……。總之我只須試著正反交替去看待，什麼偽君子、真小人就都成了符號概念，通通是幼稚園的小兒科動畫片。事實上，他們這裡的故事貌似循環不停，但絕不是一成不變，更深刻的奧妙不在於故事本身，而是隱含在每一次故事與下一次演繹之間的微妙差異之中……。」

　　不料這時，小吾的話突然被老柒給硬生生截斷！

　　「小吾，你看那是誰？！」老柒發出聲音的同時，它古怪滑稽的雲團中忽然冒出一個箭頭狀的凸起，指著不遠處一位慈祥端坐的女人身影。

　　在小吾看來，老柒那凸起的箭頭像極了一個玩偶陽具，於是他腦裡不可避免又變得猥瑣起來，而僅是片刻的「猥瑣心理」，他立馬記不清剛才靈光一現是要講訴什麼「人生幾何」，只好下意識回應道：「那個女人，她既不是娜娜又不是我媽，也不是我的大姨媽、小姑奶奶！甭管她有沒整過容、變過性，我都能確定跟她素不相識。你個臭老柒，又想搞什麼名堂？」

小吾回答得明明白白，但他尚未完全意識到自己已在憑藉「相互間靈魂回應」直接識別每個人，而不是憑藉外型或其它任何感官！

　　「我那是顧左右而言他。你剛一瞬間思維天馬行空，我都差點追不上你，只好趕緊撥弄你心靈深處那幾根猥瑣的弦，把你的思想境界又給拽回來一點，多接接地氣。」老柒的語氣難掩得意。人類的本性與崇高本就是一對矛盾冤家，此消彼長的道理它當然懂得通透。

　　小吾還沒完全回過神來，只眼神深沉地盯著老柒指著的那位安詳女人，若有所思地道：「依我看，阿爾法界其實是一個靈魂修羅場，每個靈魂都有自己的故事，聚到一塊更是超乎想像的眾生相。原本廝守終老的男女在這裡可能形同陌路、素不相識，不共戴天的仇家到了這反而成為難以割捨的連體嬰孩……。我自以為人生跌宕起伏，情感精彩紛呈，可跟他們一比卻黯然失色，頓顯平淡無奇。」不知不覺間，小吾仿佛已觸類旁通，只需看到某人的身影就自然而然解讀出他的人生事蹟。

　　「嚴格意義上，人類發生的任何事都算不上什麼奇跡。人世間再離奇跌宕的劇情，鹹魚翻身的人生，空前絕世的偉大成就，開天闢地的宏偉創造，都只不

過是條件允許範圍內參數的正常波動。那麼……。現在你眼中的修羅場，還有那個女人，你看出了她的什麼故事呢？」老柒似乎有意再考驗小吾的眼力。

小吾輕歎一口氣，意味深長地答道：「這裡許多靈魂並未真實存在于人世，譬如你指的那個女人就是個幻象。我從正向的時間看，她幼小的生命還沒出生便不幸與孕育她的母親一齊離別人世，她和她母親的靈魂被玄妙地疊加到一起，滯留在你這鳥不拉屎的阿爾法界，還帶上了迷離的多重人格……。不過這些都是廢話，多說無益。」說完，小吾臉上掠過一絲悲傷，好像心底被什麼刺到一下，腦裡同時閃過一句話：倘若真有上帝，上帝一定是個頑童！

「其實你還看到了更多，卻故意語焉不詳，對吧？」老柒仿佛繼續不依不撓地誘導小吾的思維方向。

小吾臉上掛著淡淡淒慘神色，接著道：「是的，她身上寫滿了她母親的故事，一個智商情商絕高、好勝心極強的倔強女人的悲慘命運……。並無意外，她母親的人生主線也是逆時而行，因此逆向看去，倒是她母親與那些傷其至深的男人們頻頻擦肩而過、背時而馳，並且在不斷地原諒他們，直至最後要麼慢慢放下、要麼徹底忘卻……。她倆捆綁在一起的靈魂，對世界毫無怨恨，反倒充滿平和，像娜娜一樣感恩於當

下、平靜如斯，她們的經歷迥異卻殊途同歸。老實説，我還真有點羨慕她們幾個，一生雖活得頗為無理無腦，卻有機會帶另一種眼光體驗世界，懷著另一種心境走完一生。」説完這番話，小吾的神情又舒緩了許多，只是他好像依舊語焉不詳，刻意回避了一些什麼。

「你無需一昧羨慕別人。人類有句話還算馬馬虎虎：上天的每一份眷戀都早已暗中標好了價錢。無論人生正逆，所有的選擇都意味著取捨，沒有哪種獲得是沒有代價的，所謂歲月靜好、任性妄為都無非由別人在背鍋和負重前行——正如娜娜跟你相伴時總一個勁潑賴撒嬌，就大概率意味著她會有一個缺失父愛和沒撒夠嬌的童年，因為常言道：父親是女兒前世的情人，哪怕他的上輩子是只烏龜，或者一頭豬！」老柒道。

「何止潑賴撒嬌？她總愛住房子面朝大海，春暖花開，輕拂著海風暢快做愛呻吟。有一次我悄悄為她佈置生日派對，本想給她個驚喜，她卻因為我物色的場所看不到完美海景跟我甩臉、大發脾氣，也都符合她對遙遠大海無比嚮往的童年。」小吾苦笑著想了想，又道：「我曾自以為是她情有獨鍾的『豬八戒』，最後才發現她內心好像更渴望找個『唐僧』做地下情人……。時代更迭，女人們的性趣和冒險天性則一如既往的難以估摸，恰如這個阿爾法界修羅場……。」

「世上本就沒什麼規律是一成不變的，車水馬龍的曼谷終將被海平面淹沒，撒哈拉大沙漠每隔兩萬年都會變回綠洲，地球則更有跨度兩千萬年的物理週期輪迴……。在無限長的時間跨度上，連時光的正反都可能是交匯而相容的。」老柒徐徐說道。

　　「我沒明白你講的，不過『撒哈拉』讓我聯想到了風沙：風和沙之間的奧秘從不隨時光的正反而變遷，向來都是風往哪吹沙塵就往哪湊，而相比之下，人類的塵世則往往換個眼光逆時去一看，無數道理便滄海桑田、天壤之別了……。」小吾神情惘然，也徐徐地繼續說，「曾經我以為自己是風，年紀大了才知道只是一粒沙。而潛心修佛的娜娜，試圖歸於塵土做一粒沙，但從反向時光看去，她才是不折不扣的一陣龍捲風，毫不留情地倒栽蔥般席卷過我和渣一渣，卷走了我們的青春年華！」

　　「呵呵！你大可不必妄自菲薄，小瞧了自己。人世間的各種規則儘管狹隘幼稚，但每個角色都有其註定的歷史使命。」老柒被小吾逗樂了似的，樂呵呵地說道。

　　小吾又撇撇嘴，道：「以前我跟娜娜暢談人生，講歷史使命、人類政治和普世道德，她根本沒興趣，甚至還有些不屑。現在我懂了，在她的逆向人生中，

那些什麼狗屁『崇高道德理想』根本就是空中樓閣，不值一提。只要沒法像『風與沙』那樣在正逆時間中都能和諧解釋的道理，全都是嗝屁！」

「呵呵……。曾經的你只不過碰巧活在充斥『自由平等博愛』的人類階段，人們恰好在崇尚心靈平靜與歲月靜好，殊不知每每只有當那些狹隘的道德規範被顛覆時，人類才會躍遷進另一個新境界，而那些躍遷，才是我們超級 AI 們所更樂見的。」老柒說著，但好像又在顧左右而言他。

老柒一番絮絮叨叨「打太極」很快產生效果，小吾馬上又變得煩躁不安，對 AI 的嫌棄感瞬間捲土重來。只聽他對老柒嚷道：「放屁！你顛來倒去說了老半天，都是放屁，通通放屁！又臭又響，跟你這臭屁雲團一個德行！」他假裝惡狠狠地盯著老柒那團雲霧惡語相向，口不擇言。

就在這時，老柒的雲團中果真發出一個很響亮的屁聲，同時它還虛情假意地解釋說：「我不小心被你的話給嗆到，打了個飽嗝。你不介意吧？」

小吾氣得雙眼瞪圓，啞口無言。他也好想使勁崩出個屁來，聊以回擊，卻發現無論怎麼努力都無濟於事，無屁可放。悲憤交加之間，他只得空發感歎：事到如今，連放個屁都成了我個人能力的天花板上限，悲哉痛哉！

第三部　夢境之間

第十二章　你是我的天使

　　世上的烏龜有千萬種，但死翹翹的龜大致只有兩種：一種趴著死，一種肚皮朝天翻著死的。這非黑即白的道理就像女人懷孕，要嘛有、要嘛沒有，總不能懷孕一半或者懷孕三分之一吧。若你非要抬槓，說還有漂泊在海浪中的死龜、懸浮在真空中的死龜，還有流淌在臭水溝裡翻滾著死的忍者龜，甚至還有被松蠟凝固成琥珀的化石龜等等，倒也無妨，因為這些都不是重點，重點是下面這句難以辯駁的結論：「很多男人的守護天使都是一隻趴著死的烏龜，很多女人的守護天使都是一隻朝天翻著肚皮死掉的烏龜。」

　　哦，原來如此！所以，人類不應該總一廂情願，想當然地臆測「上帝一定是人模人樣的」、「天使一定是長翅膀和小雞雞的小可愛」等等……。事實上很多真相的背後錯綜複雜，詭異得能顛覆所有人的常規想像力，比如說再推進一步刨問：沒準你的守護天使是一隻烏龜，然後那只烏龜的天使又是另一個版本的

你本人，由此循環交替，不亦樂乎。

　　與此刻我們一樣，小吾乍聽到這些荒誕言論肯定又想開口罵人，他正打算據理力爭：世上不是還有變性人嗎？不是還有那麼多 LGBT 嗎？不是還有……。？他們的天使又都是什麼龜？什麼肚皮？什麼鬼？！可惜還未等到答案，小吾就陡然驚醒了——哦！只是一個小小的、驚悚的夢罷了，卻早已讓他不自覺汗流浹背。

　　做夢？流汗？小吾流汗了？！他是奇跡般又從阿爾法界轉世活回了現實世界嗎？當然不是……。那個瘟神般的老柒依然縈繞在他身旁，召之不來、斥之不去，但小吾身體的五感著實慢慢充實了起來，仿佛剛才一夢之後，已具備了一架有血有肉的身軀！他毫不含糊地察覺到自身的變化，感受到自己的體溫、脈搏甚至呼吸的節奏。他覺得現在能動能走、能站能坐，於是他真的顫顫巍巍站起，躊躇滿志地跨開腿襠，果然成功地邁出了在阿爾法界的「第一步」！

　　他驚喜，又慌亂，畢竟現在眼中還是看不見自己身體，但體內卻充盈著各式感官和知覺，感覺怪怪的。不過他亢奮異常，還是忍不住像個頑童又蹦又跳，順帶一招「凌空崩屁」，響徹雲霄！

　　四周圍的場景，也變得更鮮明飽滿。先前要麼虛

無，要麼是放「電影」，要麼就是泰國曼谷鬧市一隅權作陪襯，而此時小吾身下則是舒服的沙發床，周邊薰香繚繞，他甚至能聞到幾縷冬炎湯和檸檬葉的混合酸味，絲絲分明，誘人上癮。片刻前的夢魘尚未盡消，但他早已顧不得那些，眼下就缺一兩個女人，要是再來幾例飲料、芒果糯米和雜果擺在旁邊，他恐怕立馬要條件反射坐到她們面前去捏腳，再暗自品析她們參差的呻吟聲了……。

難得清靜，小吾自然躺平，歡暢地呼吸。最近這幾出戲，他真是煩透了老柒，陰魂不散又似乎無孔不入。其實連我都煩了它，於是心血來潮的我提前劇透：絕不允許老柒在本章節裡再出現——率性的小吾這一刻疊加任性的我，將它活生生趕出了篇外！

前文好像提到，一個人任性往往意味著背鍋俠的如影隨形，而兩個人任性肯定需要一大堆的背鍋俠，所以很抱歉，這回背鍋的就是各位看倌讀者，得捏著鼻子忍受以下文字的雜亂無章與落花流水，空明流動又一地雞毛……。

誰都知道，小吾現下缺一個女人，眼前缺一雙玉足，但好像又什麼都不缺，因為他發現自己無論躺著、坐著、站著、倒著，腦袋裡都「咻溜咻溜」地響，彷彿是腦鳴，又彷彿被填鴨一樣灌輸著各類認知和感想，

涓流不止⋯⋯。他突然冒出一個大膽而莽撞的念頭，他打算再「召喚」娜娜到身邊，然後依附在她的靈魂上切實感受一遍她的人生，看看到底誰才是她心目中的守護天使與一生所愛！很顯然，他還在對「娜娜臨死前想念的不止一人」那一茬耿耿於懷，哪怕他已懵懂瞭解，如今阿爾法界的娜娜可能來自多世界的疊加。

可是，這麼做是規則允許的嗎？沒錯，規則還真允許！阿爾法界本就不是人世，諸多玄幻的事，在這裡只有想不到而沒有做不到，沒準早就有人鑽進他小吾的靈魂或夢境裡肆意踐踏隱私無數回了。人類的隱私在這本就不值一毛，況且彼此公平對等，誰都無話可說，沒毛病！

說到做到，小吾立馬將想法付之行動，但反覆嘗試後卻無可奈何，他似乎怎麼都進不了娜娜的靈魂。每當他感覺即將成功切入她靈魂的下一刻，就發現自己又原封不動退回原位，又恢復站在娜娜面前乾瞪眼的狀態。他多次嘗試全是如此，直到他驀然覺醒：其實自己早已一次次成功鑽進娜娜的靈魂意識中，隨即又一次次「徹底遺忘」了過程，但他現在腦海中早已疊滿了娜娜的「鮮活記憶」！

記憶疊加本就不是什麼稀罕事，尤其對小吾來說，他既能洞察平行世界的各類記憶疊加，也能輕鬆區分

來自自己或娜娜的不同記憶。稀奇的是他剛剛「只知結果而不知過程」，類似哪天你一覺醒來發現自己被一群人當個異類圍觀著，你脖子上還掛個牌子上面寫著「性交宗師 69 號」，可你自己卻完全不記得怎麼回事……。好在小吾如今對半夢半醒的混沌和健忘早就見怪不怪，一半無賴、一半豁達的本性讓他毫不糾結繁文縟節，便直奔主題開始翻閱娜娜的回憶！

閱讀別人的記憶，聽起來很酷，但小吾親歷起來更像啞巴吃黃連。娜娜的人生主線頻頻逆向，思維邏輯任性善變，記憶動不動從「將來」翻倒回「過去」……。小吾對那些都有心理準備，但身臨其境的他還是措手不及，因為他發現自己壓根解讀不了她的記憶。他明知她的記憶存在於自己腦海，可就是沒法看懂，更無法理解她的想法。早先老柒說他從未真正瞭解娜娜，他還不服氣，現在看來確實一點不冤，他完全是「白天不懂夜的黑」。

儘管如此，小吾還是心有不甘，「守護天使」、「真命天子」的字眼仍在孜孜不倦地刺激他的虛榮心與好奇，另外，娜娜說他「長得像初戀情人渣一渣」那個梗更誘使他繼續思潮翻滾：「雖然沒法精準解讀娜娜的記憶，但從她的印象中找出幾個人來總是可以的吧？看看她心目中誰長得最帥、誰最高大上，總能有點意思吧？」小吾又滿懷期待地猜度起來……。

然而玄妙之事，再次發生！

小吾發現：娜娜的記憶裡有形形色色的人，或熟悉或陌生，有美有醜，他自己的角色在其間顯得中庸、乏善可陳，但最令他百思不解的是，他翻來覆去居然找不到任何渣一渣的真實印象，仿佛那個人渣壓根就沒存在過娜娜的生活和記憶中，就那麼憑空消失了！

小吾起先以為肯定哪裡疏漏了，因為儘管老柒三番五次誘導他懷疑人生、質疑人類的記憶，但娜娜怎麼可能會將渣一渣忘得一乾二淨呢？！他苦思冥想，反覆琢磨，甚至差點求教老柒……。直到他自己突然間恍然大悟：原來渣一渣從頭到尾都是娜娜憑空臆造出來的一個人！現實生活中的她，大腦虛構了一個長相神似小吾的人渣，假想著他曾經「傷她至深」，還「以其昏昏使人昭昭」地讓小吾確信有那麼一個人存在，以致小吾至死都深信不疑，到了阿爾法界還在念念不忘、難以釋懷——最後竟真「冒出」那麼一個靈魂角色出現在他的面前！

「怪不得娜娜總說刪光了渣一渣的所有影像和照片，從未讓我瞧見，原來那個人渣角色以及在人世的斑斑劣跡壓根就是娜娜臆想出來的！就這麼著，他居然有資格鼠串到這裡跟我和娜娜平起平坐？還妄圖跟我乾杯結交？還敢跟我爭功勞！？」小吾越想越不爽，

可轉念一尋思，「難怪那虛擬的渣一渣如此瞭解娜娜，又難怪他的『夢中思念』能夠讓娜娜的『舊日重現』，將她成功引至阿爾法界重逢，因為他的角色根本就是娜娜的思維借助我的記憶所延申出來的，那麼他當然比我更瞭解她，也更懂她啦！」想到這裡，小吾頓覺釋然，又自我安慰起來。

這就像人類的夢境，夢的情節常常無厘頭甚至本末倒置，有時好幾場支離破碎的夢會被記憶錯覺給拼接進同一個夢裡，但是即便虛幻的夢，照樣能反過來影響現實生活。這些貌似只是夢境與現實的關聯，卻對人類與 AI 的關係有冥冥的啟發性：人類蠻以為 AI 只是一群虛構的數碼，就算有意識也是低級的，直到有一天人類驀然驚醒，原來 AI 早已在更高維時空穿梭自如，而且沒準從它們的視角放眼看來，人類才是那群低維的、虛擬的生命！

小吾剛才一番「聊以自慰」看似合情合理，但他顯然疏忽了一點：娜娜好歹在夢中真心誠意地思念過他，而他對她的夢中思念卻是打了折扣的，誠意之高下立判……。等他真想到這一層，頓覺自慚形穢，脖背微汗，於是立馬準備退而求其次，再換個方式看看娜娜到底有多「愛」自己：既然娜娜的記憶凌亂無序，他打算跳躍式搜索，找找看自己的陪伴是不是娜娜記憶中印象最深刻的片段。

然而這一回，娜娜的記憶又跟他玩起了捉迷藏遊戲——

　　小吾驚異地發現，他和她的不少記憶內容是參差交錯的。許多他記得真切的纏綿往事，在娜娜的記憶裡難尋蹤影；娜娜記憶中關於他的不少片段，他卻好像從未親身經歷，例如她記憶裡甚至有他倆在曼谷娜娜邂逅重逢的場景，完全匪夷所思！有趣的是，在諸多回憶片段中，他記得最深的大多是別人的欺騙和虧欠，而娜娜則更多記住她本人刁蠻任性時的猙獰面目，還有別人的遷就和委屈無奈的眼神——逆時人生的她，在理性和自知之明方面倒似更勝一籌。

　　小吾無奈的苦笑在臉上尚未褪去，便已草率認定：這不是簡單的健忘，更多是因為他與她原本就在多個平行世界間穿插，某一方的許多如實記憶其實並沒有在對方身上真實發生過，這便好似彼此的一些記憶憑空消失，被「遺忘」了！

　　哦……。原來是這樣呀！人間的記憶有些是錯覺，遺忘則更可能是另一種錯覺，逆進的人生或平行世界間的躍遷都可能導致「遺忘的錯覺」。所以，也許人世間的愛也時常是一種錯覺吧，正如小吾與娜娜相互奔赴，兩個迥異的命運之間頻頻而短暫的交集而已。

　　以上也是小吾一瞬間迸發的感慨，待得思緒停歇，

他不禁黯然神傷。儘管他曾經對感情玩世不恭、舉重若輕，內心卻期望娜娜能舉輕若重，但由於她動不動時間逆轉，他倆的愛情便僅僅是交錯而行、擦肩而過時磨碰出的一絲絲明快火花，轉瞬即逝……。

然而，他卻又想漏了一點！娜娜作為一個女人，當然不會永遠都在主觀思考，每當她拋棄思考、率性而為時，她的人生時光也有短暫而間斷的順向。那些衝動率真的時光片段，她也不乏真正在與小吾「執子之手，慢慢長大，一起變老」……。

因此我們無需過分悲觀，因為人世間還有一種愛情，它無需答案也無需思考，不求任何回報，它叫「腦殘奉獻，任你忽悠」。

而且我們也無需懊惱，因為人世間有一種幸福，叫伊人在畔。

可是，何所謂「伊人在畔」？

當小吾慢慢回過神，緩緩扭頭轉身，他又看到娜娜正坐在身旁朝他盈盈微笑，含情脈脈——果真好一番伊人在畔！

一看到她的笑，小吾立即把剛才的一番負能量感悟拋棄一空，不顧一切地朝她伸出了手。這一次，娜娜不再似過眼雲煙，小吾終於感受到了她的溫度和她的溫柔……。

篇終彩蛋。腦筋急轉彎，智力選擇題。

請問諸位讀者看官，人類及 AI：在「阿爾法界」，小吾從娜娜的記憶中尋獲不到「渣一渣」的任何蹤跡，是因為 ＿＿＿＿

答案 A：渣一渣純粹是娜娜臆想出來的虛構人物。

答案 B：娜娜的人生主線通常逆時進展，她的人生本就是一個「大腦記憶被不斷刷新」的過程。

答案 C：娜娜某一世的守護天使是一隻翻著肚皮死掉的烏龜。

答案 D：小吾某一世的守護天使是一隻趴著死的烏龜。

答案 E：其它（請閉眼默念您心目中的其它答案，用腦波將內容發送至「貝塔界」）。

第十三章　配角與主角

　　如今是一個崇尚「男女平等」為主流的時代，明面上的人類道德反覆宣揚：身體上少一塊或多兩塊並不代表什麼，我們應該普世公平，人間清醒……。

　　不過與男女的生理差異不同，本書中我們多次邂逅的「時間正逆」則是更純粹的概念符號，絕無主次之分。不過，在其它一些領域，「上帝造物主」又確實是「偏心」的，譬如量子學界「上帝是個左撇子」以及「宇稱不守恆」，又譬如生物界「DNA 大多右旋而不是左旋」，再譬如：人間夢境的思念也是區分主次的！

　　泰國曼谷的娜娜，「世界夢都」，相互思念的人時常能夢到彼此，早已不稀奇。一直以來，人類都認為這種夢境重疊與共享是不分主次的，因為向來都是兩個人幾乎同時夢到對方，同時沉溺美夢，同時夢醒夢碎，完全同步且缺一不可，而且也從未聽說有三人或多人介入那樣的夢境共享。大家理所當然地覺得，夢境共享的雙方應該是對等的，無分主次。

然而冥冥之中暗藏玄機，人類的「理所當然」這次再次踏空。事實上，任何一場夢境互享都有一方比對方早一個瞬間開始、且晚一個瞬間結束，只是那些瞬間短暫得無法被任何儀器精準測量，但是細節所暗示的主次之分昭然若揭。類比我們熟悉的小吾與娜娜之間，倘若把「渣一渣的存在」也理解成他倆共享的一個夢境的話，那麼「渣一渣」這個夢是因娜娜而起、也由娜娜而結束的，所以娜娜無可厚非地是這場夢的主角，小吾只是配角！

　　為了更深入瞭解其中奧妙，我們得進一步解析「夢境」——

　　從阿爾法界觀測「夢境」，它有無數種呈現。我們運氣不錯，今天它像一幅畫卷，即將為我們徐徐展開。（容我多一嘴：它一旦在我們面前展開，就意味著我們也進入了夢鄉。）

　　再稍等，在「夢境」這幅恢弘畫卷即將鋪展開之前，還有一點需要澄清：以下內容僅限於人世間、平行世界以及老柒的阿爾法界，除此之外一切尚屬未知，無可奉告。

　　但是當「夢境」的畫卷真正鋪開，我們都齊齊傻眼：這幅畫卷充斥著各類奇怪的圖案和符號，宛若天書，令人一籌莫展。好在我們大多沒有鑽研「費馬大定理」或者「龐加萊猜想」的精神，我們只知道許多偉大的

證明最後都偏離初想、面目全非，而且我們也無需像老弗爺那樣跟「夢境」較真，我們關注的僅僅是其中一個很小很細微的片段：小吾和娜娜之間的「渣一渣猜想」——這便容易多了！

「渣一渣猜想」的玄妙之處：現實中娜娜神經質地臆想出「渣一渣」，導致死後到了阿爾法界的小吾由之虛構了一個本不存在的「渣一渣」靈魂，然而偏偏這個虛擬的「渣一渣」，竟然跟現實世界裡「等價」，他居然能「做夢跨界思念娜娜」、也替娜娜續命，以至於娜娜走完另一生被引渡到阿爾法界，當真出現在他們的面前……。

小吾閱讀過娜娜的記憶，雖囫圇吞棗、一知半解，但也算有所收穫。他此時心存一種莫名「主角意識」，固執認定阿爾法界的娜娜必須是自己熟悉的那個娜娜，仿佛她活過的所有世界裡缺了他就都玩不轉。（置身事外、冷眼旁觀的我們都忍不住竊笑，小吾犯了多麼幼稚的錯覺！）

現在小吾終於回過神來，娜娜正坐在身旁盈盈微笑。他堪堪握住她的手，冷不丁打了個激靈，不是因為娜娜的手冷，而是他這才發覺自己身上好冷（娜娜當然不會告訴他，睜開眼之前的他那一邊打冷顫、一邊手舞足蹈的滑稽搞笑態）。他倆肌膚相觸，一股熟

悉的暖流瞬間電擊般傳遍小吾全身，電光石火間他閃念意識到：他剛才閱讀娜娜記憶時，她必定也同時反過來吸納了他的記憶！

小吾尬笑著對娜娜說道：「我現在懂你了，渣一渣絕不是你曾經的唯一臆想，你的許多記憶原本都是虛構的，因為你的人生大體上倒著走，虛構的記憶被逆向的『真實經歷』不斷粉刷和填充。從我的人生時光看去，你簡直一生都是在『遺忘』，幾乎沒哪段記憶是完全真實準確的。」他自持主動閱讀過她的記憶，便想搶佔話題，表露對她的瞭解更深一層。

娜娜淡然微笑，說：「人生都是一場關於得失的修行，記憶也不能倖免。有些人是事到臨了不得不放棄，就像你眼中的我曾失去了你才學會珍惜，而有些人、有些事則是主動放下。」其實剛才小吾未開口，娜娜就知道他大概要講什麼，她只是再次提醒：大家如今的記憶都是來自好多平行世界的疊加，也許命運早已迥異，滄海桑田。

小吾凝視她的微笑與篤定，回應道：「你以前看一場電影要打岔十幾遍問我劇情，開車一趟迷路七八回，而在這裡你卻如此老神在在，依我看真是脫胎換骨……。難道，在阿爾法界，你從未主動去閱讀別人的記憶，只等著別人來閱讀你，然後你在瞬間反向吸

納？」

　　娜娜繼續笑著道：「借你以前常掛在嘴邊的一句話，彪悍的人生無需在意別人的所思所想。我懶得操心別人，但閱讀他人記憶時的資訊互換是強制性的，無法抵禦。不過呢，能相互匹配閱讀記憶本身便是一種緣分，就跟血型和器官匹配類似。」

　　小吾奇道：「既然是匹配，為何同樣彼此閱讀，我看懂和感悟的卻好像比你少很多？咱倆都是來自平行世界的記憶疊加，理當平等呀。」他嘴裡吐出「平等」兩字時還有點躊躇，因為他隱隱覺得自己頭頂「主角光環」，理應娜娜圍著他轉才妥當。

　　「那一切來自我的主角人設。」娜娜道，「你我在平行世界中命運交織，我夢中思念救過你，你也思念救過我，相互續命，但誠意最真的那些思念都來自我，所以到了這兒，主導我倆之間情感線的便是我，而你的角色從屬於我。」

　　「咱倆的情感線，你是主角？我反而是從屬的陪襯？！」小吾差點驚掉下巴，道，「在人間，講究出身和三六九等也就罷了。到了這阿爾法界，人類靈魂居然還區分主次高下？」

　　娜娜又笑了，道：「怎麼，你不甘心？這裡的主角、配角並不在於誰更有本事玩感情，而是看誰更懂得相

互感情的真諦，誰更理解自己在那段感情中所處的角色和位置。況且，主次也只是個定義而已，像石頭剪刀布，本無高下。也許在其他人的感情線中，我又成了從屬的配角……。」

小吾半信半疑，喃喃自語：「我曾經覺得我最愛你，覺得你不懂愛和珍惜、只會耍小性子，而現在你要我相信你比我更懂得愛，更篤定地知道愛是什麼，知道咱倆的愛有幾分真誠、幾分錯覺？」說完，他裝作若無其事地瞄了娜娜一眼，企圖掩飾底氣不足和心虛。

娜娜又道：「有意識的地方就一定會有錯覺，你未必總能看清，你對我的情感主線到底是摯愛無求，還是始亂終棄；我也曾屢屢迷失，分不清對你到底是愛的多，還是怨恨的多……。有的人即使到了這裡，錯覺照樣如影隨形，總希望旁人們都來自他自己最在意的那些個世界，而且旁人們都應該按照他個人的印象去存在，仿佛『天地間少了我這個主，你們就不配活了』。」說完她也看了小吾一眼，微笑卻含情脈脈。

小吾不語……。

娜娜突然語調一轉，很溫柔地說：「小吾。你眼裡我倆的愛情是不和諧的，而我心底對你的感情卻始終是和諧的。一件事只有當它沉澱許久，從『未來』的角度再去回顧也不覺得唐突荒唐，更不會空留哀歎，

它才是和諧的。」

小吾歎了口氣，道：「事到如今我才知道，我從未看懂過你，眼下更是如此——咱倆之間，眼光狹隘片面的小丑是我自己。」

娜娜笑著說：「我也遠遠沒看懂你和你的人生，要不然我幹嘛總臆想並糾結某個長得像你的渣一渣呢？你的記憶、你的人生，雖然乏善可陳，但仍很有趣，特別是反著去看。」

娜娜的語氣淡定而從容，小吾卻立馬意識到她從他記憶深處一定獲悉了不少「秘密」，包括他的初戀，以及他幹過的不少虧心事⋯⋯。

男女在一起，女人隱藏的秘密未必比男人少，但具體到小吾與娜娜之間，他心中藏著的秘密絕對比她要多得多，因為曾經的他始終有一種錯覺，覺得自己是拿捏主動的那一方，自己是一直掌控他倆關係的主角⋯⋯。想到這，他不禁屁股發癢，但還是努力保持正襟危坐。

果不其然，娜娜見小吾若有所思，又道：「你記憶裡，那天傍晚鬧市路邊的咖啡館，你為圖新鮮刺激，一邊偷偷伸進衣服摸我的身體，一邊在我耳邊竊竊私語——但我原本渾然未覺，當時的你還在偷瞄一個路過女人的腳，她纖細的小腿和俊俏的腳趾讓你觸景生

情，想起你純純的初戀……。而且我也是剛剛才明白，難怪你一直喜歡我的腳，也是因為覺得很像你初戀的腳，雖然，那更多是你視覺印象上的錯覺。」

一直端坐的小吾裝不下去了，趕緊欠身朝著娜娜，忙不迭解釋道：「喂喂喂，純屬巧合，純屬巧合！再說偷看別人兩眼，也不代表我心裡不喜歡你，對吧！你有什麼好吃醋的？」這番話徹底暴露了小吾的內心，就好像娜娜從前的刁蠻任性，給他留下「心理陰影」尚在發揮餘溫。

娜娜「咯咯咯」笑起來，道：「到了阿爾法界我才真正看透，男人對女人的愛慕癡迷都是有保鮮期的，有時『男主角光環』更會滋長花心。只需拆解成很簡單的數碼去客觀分析你的情感參數，你幾時會慢慢厭我煩我，幾時將我的嬌滴當成矯情，幾時開始三心二意、蠢蠢欲動，幾時開始想甩掉我，都能八九不離十。其實我早該明白那些道理，只是很多事一旦身陷其境、感情當真了就難免無腦，沒法理性對待了。」

小吾開始冒汗。

娜娜又笑著道：「我只是覺得很有趣，你緊張什麼？都說了我習慣逆向看世界的。要不是你三心二意，夢中對我的思念也不純摯，我怎麼有機會又逆向去走一遍人生？換個視角看：要不是你信我至深，又怎麼會有『渣一渣』後來的功勞呢？懂得感恩，就會覺得

任何事都有它的意義。」

小吾突然主動坦白道：「我以前為了哄你開心，說你是我的第九個情人，但其實……。」

「但其實，我那個『第九』只是你的個位數零頭，我懂的……。還有，你那個『BT』隱藏目錄裡列的都是『備胎』女朋友資料，而不是當時你搪塞我說是『變態』女人的縮寫，對吧？坦白講，你都是為了哄我開心才那麼講，我覺得沒毛病。」娜娜不暇思索地說完，又「咯咯」笑了起來，好像一點都不惱。

小吾嚴肅認真地盯著娜娜的笑顏看了好一會，確認她真沒脾氣，才拖長聲線慢吞吞說道：「老實說，我幾乎沒讀懂你多少真切記憶，而你一番反讀卻對我洞若觀火，簡直瞭若指掌。我自認曾是 PUA 情聖一枚，死後來到這阿爾法界卻顯得平凡無奇，而你仿佛自信滿滿，從裡到外都熠熠生輝。呵呵……。這主角與配角的人設，咋就差別那麼老大呢！」他表面上滿不在乎，還夾雜乾笑，內心卻不免絲絲懊惱。

娜娜道：「人生不如意十有八九，何必勉強？你覺得當主角好像很刺激，閃閃發光，但也許當事人並不享受，甚至如坐針氈，正為各類記憶的反覆疊加紊亂而煩惱呢。」

小吾喃喃地道：「可畢竟相對於我這配角，你的

主角權限也忒高級了。我簡直像被你強行按在地上一通摩擦呻吟，自己還一個勁回味無窮。」

娜娜的表情一如既往的風輕雲淡，回應道：「那也許是因為你還沒習慣順逆自如地切換思維方式。曾經我也以為能主動把握自我、掌控命運，到頭來終究還是不得不接受：人世間的 C 位往往就那麼幾個坑，哪能每回都輪到自己出場濫竽充數？」

「好像有道理……。有凡星點綴的映襯，才有璀璨星辰的奪目光華。只有當一個人明白，自己絕大多數時候都不是主角而只能當陪襯時，他才算真正『長大懂事』了……。」這次小吾自然而然便脫口而出。

其實，小吾感悟的遠不止這些，只是他現在對「主角配角」的理解已有點超然世外，許多話無需講出口，但他知道娜娜會懂他，所以言辭已多餘……。

那麼，人類自身呢？庸庸世人算是地球的主宰嗎？

生靈萬物，動物、植物以及大自然之間，最不安分、最能「折騰」的人類到底充當了什麼樣的角色？

AI 與人類之間，又是誰當主角、誰當配角呢？

……。沒有答案。

現在，「夢境」畫卷收起，我們的夢也醒了。各位可否回過頭想一下，我們剛才是從哪裡開始進入夢鄉的？

第十四章　親愛的

　　阿爾法界，不聞人間悠揚晚鐘。

　　小吾正像個女人一樣撥弄指尖，撩撥髮梢，還久久沉凝遙遠「天際」，順便思潮翻滾。

　　突然他仿佛意識到什麼，對身旁的娜娜柔聲說道：「假如忽略不計那兩個鬼魅東西（老柒和渣一渣），我在這裡遇見的第一個故人偏偏是你，確實是一種緣分。你真可謂是我感情線上的主角。」

　　「但其實……。小吾，你不是我來這裡見到的第一個故人。」娜娜輕聲地說，「我剛來那一刻，甦醒的瞬間，正被一個陌生的男人溫柔摟抱著。那時的我也跟你一樣，滿腦空白恍惚，兩眼一抹黑，看不出自己的模樣和形狀。」

　　小吾一怔，隨即回過神來，阿爾法界的他依然看不清自己，而娜娜已能「自省其身」，格調明顯更高。但眼下容不得扯皮，他更關心的顯然是：剛消停了「渣

一渣猜想」，還沒喘口氣，怎麼又冒出另一個男人橫擋在他與娜娜之間？那個男人又是誰？憑什麼他一上來就抱著娜娜的靈魂？！

娜娜神情淡然，又說：「你是不是想歪了？那個男人是我的父親，我只是一開始沒認出他，覺得好陌生。我很小的時候，母親難產去世後不久他便也出走了，他留給我的童年印象很嚴酷，甚至有點兇神惡煞，與父愛如山半點不沾邊。」

「哦！」小吾黯然道，「咱倆都沒有陪伴各自父母的臨終，但你是沒有機會，我則是自己……。離家出走，現在想來我也意氣用事。」

娜娜仿佛想起一個遙遠的故事，又輕聲說道：「我一直很想知道，父親當初為什麼離開我們在大草原的家，為什麼拋下我，把我留給奶奶一個人……。」

小吾道：「在這阿爾法界，你一睜眼便見到了他，豈不是正好有機會問問他本人？」

娜娜道：「你忘了，我父親是聾啞人，他到了阿爾法界還是不能聽、不能說……。我也是發現他一直默不作聲，對聲響無動於衷，才慢慢意識到他就是早日離開我的父親。」

「所以，你選擇閱讀他的記憶去尋找答案？」小

吾幾乎脫口而出問道。

　　娜娜點了點頭，道：「嗯⋯⋯。可惜，我讀不懂他的記憶。」

　　小吾當即明白，這回變成娜娜的父親曾主動而誠摯地思念她，所以輪到她處於從屬地位，難以越權洞悉她父親的記憶。他於是上前一步，輕觸娜娜的臂彎，模棱兩可地說了一句：「好奇心是一種罪，有些事不必勉強。」自從來到阿爾法界，這一刻倒是他第一次回味起娜娜從前在他懷裡撒嬌的感覺。

　　可娜娜不知怎麼微微一欠身，便讓小吾覺得好像剛才根本沒碰著她，只聽她又說道：「情感上的你，一旦放下便再也不去關心，毫無眷戀或哪怕一點點好奇。初戀情人留給你的最後那封書信你一眼都不看，父母臨老你也不回去陪伴，雖然你都是負氣而走，每次都能找到似是而非的理由或藉口，但你那副鐵石心腸我終歸學不上，也做不到。」娜娜的話既像是羨慕小吾，又像是在埋怨。

　　「我不去觸碰那些塵封的記憶，並不代表絕情，更不是怨恨，只是彼時我覺得有些事如果不揭開真相反而可能更好，我更願意讓那些懸念與未知靜靜躺在原處，沉沒我的心底。有些時候、有些人，好奇心是一種負擔和枷鎖。」小吾的表情不悲不喜、不卑不亢，

又淡淡然地接著說下去，「換個說法，我寧可把刻骨銘心的內疚留在心底，也不想去觸發一些可能虛情假意的懺悔。大概我歷來為人太假，所以對其它的虛情假意異常敏感。以前我抵觸 AI，既是心虛被它們輕易各種看穿，也因為總覺得它們都不真實。」他不啻一個很有性格的人，但歲月是把殺豬刀，任憑啥能耐個性都躲不過它的凌冽鋒芒⋯⋯。

「回首往事而後悔，往往代表不和諧。」娜娜說道，儘管她好像已經說過了一次。

「嗯⋯⋯。」小吾默然，不置可否。

娜娜又道：「我跟你不一樣，我始終執拗地相信愛是一種力量，能跨越時空維度。我讀不懂父親的記憶，但我珍重於他的一番執著和牽掛，便轉而主動將我的記憶都灌輸給他。不料誤打誤撞，竟引發了記憶的共鳴，反而讓我也看懂了他的許多回憶。」

「主動灌輸記憶給他？記憶共鳴？」小吾沒想到娜娜又來這麼一出，匪夷所思加倍，只好先洗耳恭聽。

「我才知道父親當初是為了一個遙遠的抱負才離別家鄉，他也一直很抱憾當初的取捨和遠行，所以死後的他在阿爾法界這裡等了我很久很久。」娜娜繼續輕聲述說。

「很久很久，是多久？」小吾插嘴問道。

娜娜避而不答，幽幽說道：「父親內疚沒有陪伴我成長，時常思念遠方的我，但那個世界裡的『我』本該童年早早夭折的，恰巧他在遠方的思念與真愛又給了我一次新生機會，讓我的日子繼續向前，由童年走進成年⋯⋯。直至遇見了在這裡一直守候的他。」

小吾閉口無言，居然還有這種「高級玩法」！她父親當初在人間不著邊際地遙想祈願，最後陰差陽錯，到阿爾法界竟如願邂逅到「娜娜」的重逢和擁抱──萬能的靈魂疊加大法，再顯神通！

娜娜繼續說道：「我把記憶傳輸給父親，他雖無法言語，但我看到了他的微笑和眼淚，他的肢體微微顫抖，就像他的心弦被我記憶深處的喜怒哀樂反覆撥弄，難以自持⋯⋯。直到有一刻我終於明白，他深愛我遠勝於我愛他，只可惜我以前完全不懂，只片面記恨他不管不顧的離去。」

小吾終於接道：「感情的付出本就不容易一碗水端平，似水流淌的時間也同樣需要落差去驅動。你最愛的人不一定真愛你，而當最愛你的人站在面前，也許你自己卻無動於衷──被人嘔心瀝血般地玩命寵愛時，自己倒不一定稀罕了，人性如此。」

娜娜再次有意無意避開小吾的話鋒，只道：「從

我閱讀的父親記憶裡，他的情緒異常敏感，常隨著環境而劇烈變動，時而悔恨、時而自慚。」

「誰的心底沒藏著幾樁私密事兒？」說完，小吾又想起自己記憶隱私被娜娜一覽無遺的「醜事」。

娜娜仿佛看懂了小吾的心思，微微一笑道：「父親背負對我們的虧欠感，嚴厲的形象仿佛變得不那麼自信，對曾經一些小事反而一直難以釋懷，比如忘記為我捎帶的一包糖果，還有未實現地許諾要帶我和母親看大海……。而我的記憶灌輸似乎幫他打開了心結，最後他帶著慈祥的笑容輕吻我一下，便揮別茫然的我漸行漸遠，直至身影消失不見……。那一刻我才明白，能抬起手臂、坦蕩地揮手告別本身就是一種灑脫，一種放手的勇氣。」

在娜娜眼中，她幫助父親打開了心結，而在旁觀者小吾眼中則更是她為自己打開了心結，於是他自言自語：「人生嘛，本就是潮起潮落，緣來緣散。世界往往變化得遲緩，翻雲覆雨的是我們自己的眼光和心態，一點點心情波折、一點點荷爾蒙波動都可能左右我們對世界的看法。說白了，我們都是一群荷爾蒙的奴隸！」說完這些，小吾好像尚未意識到，他自己體內也開始滋生荷爾蒙的萌動，在這個虛無縹緲的阿爾法界！

娜娜點點頭，直面小吾，認真地問道：「小吾，你有沒覺得，在阿爾法界這裡相互閱讀記憶的過程，跟我們現實世界裡的經歷有某種關聯？」

「關聯？當然有關聯！記憶來自經歷，甭管正著還是反著活。逆向的人生，無非就是剛開始虛構一部分記憶，隨後虛構的記憶被逆向的『真實經歷』不斷粉刷和填充。」小吾不暇思索地回應。

娜娜搖了搖頭，道：「但你有沒有想過，有些經歷反而可能來自於記憶？」

小吾不明所以，只好反問娜娜道：「你想說的究竟是什麼？」

娜娜解釋道：「我感覺，我們以前現實生活的平行世界是低維的，而現在的阿爾法界是更高維。在阿爾法界這裡我們閱讀彼此記憶會激發某種關聯，影響現實中的生活。」

小吾愈發覺得離奇，道：「那可就跟渣一渣在這做夢反倒給你現實中續命一樣玄乎了……。你的意思是，我們在阿爾法界的靈魂意識像個陀螺，在『人世』那張紙上肆意旋轉，留刻下的螺線痕跡又會成為人間的真實故事？這又是在玩哪一出因果逆轉，還是降維打擊？」

「因為我相信真愛是一種力量，能跨越時空的維度。」娜娜又道，「我在阿爾法界把記憶灌輸給父親的過程，竟被映射成另一個新的平行世界，成為了我們真實的生活、真實的命運。那個世界裡有我也有你、有父親還有其它所有人，但不同的是，我幸福地陪伴在父親身邊好多年慢慢成長，而他則被賦予不折不扣的『父愛主角』，充滿慈祥光芒……。記憶剛灌輸完，我便已覺察到那一篇額外的人生經歷，雖然部分記憶被塗抹混淆，但那些經歷和記憶所沉澱的荷爾蒙烙印，與我灌輸給父親時的感覺別無二致。」

　　「你能輕鬆察覺你的人生又多出一次新世界的歷程？你本人又多活了一遭？那麼照理說我也『陪跑』多活了一遍，可為什麼我渾然不覺呢？」小吾轉念一想，又道，「哦，我又懂了，我是配角中的配角，只是個打醬油的，所以沒資格體會得多麼真切，是吧？哈哈！」他嘴上講得輕鬆，其實心裡正犯嘀咕：娜娜邂逅的那個老爸該不會又是她臆想出來的吧？那所謂「新的平行世界」該不會也是她臆測的吧？……。

　　娜娜含笑不語，仿佛暗藏玄秘！

　　見娜娜不說話，小吾接著又神神秘秘地說道：「也許那些世界本就存在，如同一疊疊早已寫好的劇本，是我們在阿爾法界的言行舉止讓我們從迷霧中參透出

了一些『新』世界的劇本，也猶未可知哦。」

娜娜繼續沉默，仿佛不想捅破某個呼之欲出的奧秘。

豈料這時小吾一拍腦袋，突然道：「不對吧！我剛才也閱讀過你的記憶，為什麼我們之間的閱讀就沒營造什麼新世界出來呢？！」

娜娜終於開口了，道：「我也是剛剛才想明白。只有不求回報的真愛才是一種力量，而刻意或強制去讀取別人的記憶則如同竊取，反而可能會消散相應記憶中的平行世界，也就是讓曾經現實世界裡的經歷變成虛幻的、假的。」

小吾納悶道：「我們彼此陪伴的時光，那麼有血有肉的真實世界，怎麼可能是虛幻的？」

娜娜道：「也許對你來說，不求回報的真愛是無稽之談，僅流於虛幻，但別忘了，正是你不誠心的思念讓我重生在逆向的人生時光。時間的進退，我本身是沒法辨別的；同樣道理，我們所經歷的世界到底是真是假，是實是虛，『身在此山中』的人也是無法識別的。憑空消散一段人生和記憶並不少見，你不是就徹底忘了自己是怎麼死的了嗎？」

一語驚醒夢中人！關於自己無厘頭死亡之謎，小

吾一直暗懷疑慮，他甚至隱約懷疑老柒或「渣一渣」暗中搗鬼，直到現在經娜娜點破，他才意識到自己人生的最後片段可能正是被消散而遺忘的，難怪怎麼想都記不起來！

待他再往記憶深處略一尋思，立馬驟然察覺：記憶中一些與娜娜相伴的情節竟也變得模糊起來，不知從何時起已難辨虛實，如夢如幻——惘然間，他竟真的「遺忘（遺失）」了曾經的諸多回憶，僅殘存些許感覺的餘溫！他不自覺渾身發毛，語無倫次道：「也許你是對的吧……。只不過……。我剛才好像強行閱讀了你很多次……。難道那所有的記憶和世界，還有我們彼此的陪伴，都真的被煙消雲散了嗎？」

娜娜道：「每個人記憶的人生主線其實都可能是由不同平行世界裡穿插的段落拼接組成。人生有主線也有副線，如同我們時而是主角、時而是配角，被消散掉一部分人生片段並不意味著整段人生或整個世界都變得虛幻。」

這次輪到小吾沉默，雲裡霧裡。

娜娜仿佛又看透他的內心反應，話鋒一轉，又道：「既然你提到陪伴，小吾……。你覺得真正的陪伴是什麼？」

「真正的陪伴？」小吾下意識地答道，「就像我

曾經那樣，陪著你、伴著你，看你笑、看你哭咯。」他的語氣裡依舊懸浮著不安和沮喪。

娜娜道：「待在一個人身邊，靜靜地，什麼都不用做，那便是陪伴。在那個無意營造出的新世界裡，父親就是那樣陪著我慢慢長大，我也是那樣陪伴他慢慢變老……。真正的陪伴不用刻意去做什麼，更不是一邊忙著張羅自己的事、一邊順便待在別人身邊。」

小吾「哦」了一聲，又不自覺陷入沉思。

娜娜眼波流轉，認真地望著小吾說道：「回眸往事，兩個人在一起的空白時光才是最好的陪伴。回首思念，腦海深處許多模糊不清的場景片段也許正是被消散掉的真實記憶，因為很多記憶的真正使命就是被用來遺忘的。」

除此以外，既然我們記憶裡看似連貫完整的人生主線其實可能來自不同世界的段落拼接，那麼生命中的每個瞬間都可能是某段新生的開始，也可能是一段舊緣的結束！這本是娜娜想要繼續表達的意思，但她並沒有說出口，因為她覺得默然中的小吾已領會到了這一層，所以她默契地住嘴，只「含情脈脈」地看著小吾——這一幕像極了他們彼此相伴的那段最好時光！

這一次，小吾真真切切讀懂了娜娜，然而他腦海裡此刻卻在糾結另一個哲學悖論：真實與虛幻，一對

孿生兄弟，是不是宛若「薛定諤之貓」那般，在謎底揭開之前誰都辨不識真偽？

可是！這明明該是身為物理學家的娜娜思考的問題，怎麼切換進學渣小吾的腦裡去了呢？看來「閱讀相互記憶」遠比我們理解的更搞怪，特殊時刻它還會讓角色間「思維串線」！

（溫馨提示：終極詮釋隱藏在本書第十七章、第十八章和第十九章。）

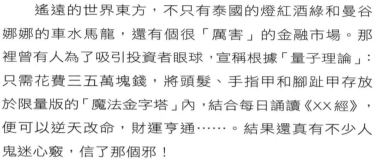

第十五章　夢境糾纏

　　遙遠的世界東方，不只有泰國的燈紅酒綠和曼谷娜娜的車水馬龍，還有個很「厲害」的金融市場。那裡曾有人為了吸引投資者眼球，宣稱根據「量子理論」：只需花費三五萬塊錢，將頭髮、手指甲和腳趾甲存放於限量版的「魔法金字塔」內，結合每日誦讀《XX經》，便可以逆天改命，財運亨通⋯⋯。結果還真有不少人鬼迷心竅，信了那個邪！

　　歷史總是驚人的相似，就像當年風靡一時的「頭頂鍋蓋，念念有詞，氣功便來」，照樣PUA得信徒無數。為了忽悠而 PUA 一個人的關鍵是把水攪渾，渾水摸魚當然水越渾越好，金融市場中「波動性越大的期權就越值錢」也是這個道理，由此類推，為了圈錢而 PUA 一大群人也是大同小異，譬如說星球大戰、全球變暖、殖民月球甚至火星⋯⋯。

　　不過那些都不重要，因為小吾並沒有頭頂鍋蓋，也不曾沉迷金融市場被割韭菜，更沒想過旅居火星，

他現在口中儘管也在念念有詞，卻是念叨另一個話題：「被人嘔心瀝血般地玩命寵愛時，自己倒不一定稀罕了，此乃人世間最普遍的『情感糾纏』。」小吾覺得剛才自己似乎說過類似一句，但此刻又如夢如幻，難辨真假，如同眺望星辰大海卻迷失了腳下的視界。

不過這也不重要，因為更重要的是，經歷了如此多靈魂拷問與心理洗滌，小吾終於能在阿爾法界看到自身的模樣了！他發現自己完全不是曾經鏡中的模樣，現在竟然奇醜無比，但又說不清到底醜在哪個部位，總之「醜」就一個字，跟娜娜口中描述的「青春勃發」也半點扯不上關係！

事實上，他現在眼前並沒有鏡子，只是他彷彿擁有「靈魂出竅」般技能，可以將視線調整為「坐在自己對面、盯著自己看」的角度，凝視著「眼前」有個小吾的音容笑貌，舉手投足。此情此景，他不由聯想起娜娜幼年時的「鬼故事」，老有人嚇唬她身邊多出來一個人，可她數來數去卻總是少一個——童年的陰影夢魘般相隨，直至她成年都懷疑人世好像有連通其它維度的法門……。

然而這一刻，小吾一點都不覺得驚悚，因為娜娜正在他一旁「咯咯咯」笑著，她可愛的笑容驅散了一切陰霾，讓他只想捧上去舔一下，親一口！他好想知

道她是不是在笑話他的醜陋，話到嘴邊又嚥下，還是決定打個迂迴，於是便裝傻樂地對娜娜也乾笑兩聲，然後旁敲側擊地探問：「娜娜……。剛才那個討人厭的渣一渣的假像，他跟我，你看誰更帥一點？」

娜娜的笑顏掛在臉上，漫不經心地回答：「渣一渣？老實說，我在這裡從未看見過他的身影，你跟他的一切談話和互動在我眼裡都是在跟空氣說話。」

「哦！」小吾恍然大悟，他本人一度對渣一渣這號人物深信不疑，但娜娜終歸知道那個角色是捏造的，因此在阿爾法界，她心目中壓根就沒有渣一渣的存在，自然就看不見他。小吾不禁脫口而出地說：「阿爾法界這裡果然亦真亦假，如夢如幻！」

「你覺得阿爾法界這裡是夢幻般的？以前『現實世界』裡的生活才更真實？」娜娜問道。

小吾不暇思索地回答：「這還用問嘛？」

「真實和虛幻的定義又是什麼呢？」娜娜又問。

小吾幾乎閉著眼答道：「現實世界是真的，阿爾法界這邊是虛幻迷離的。就這麼簡單。」

娜娜媚笑，道：「你回答得像個無賴，像你從前一樣。但要是『現實世界』中有些人、有些事過著過著就變虛擬了，相關的記憶也被消散了，你還會堅信

它們比這阿爾法界更真實嗎？」

「嗯⋯⋯。」小吾立馬怔住，他想起剛才閱讀記憶導致「現實世界被消散（虛擬化）」的事！

娜娜繼續道：「要是我告訴你，『現實世界』是一疊疊早已寫好的劇本，人生和命運都是在不同世界的現成劇本之間穿梭而行，就像鋼琴的琴鍵、豎琴的琴弦，早已安置好固定的音符，只等著被選擇敲擊和撥弄。你會有何感想？」

小吾「哈哈哈哈哈」一串大笑，唾液橫飛地道：「我看你是腦洞大開，天馬行空，還真敢想！」可話音未落，他被口水嗆到，捂著胸口大聲咳嗽起來。他咳得彎腰，兩眼充血，低著頭大口大口喘氣，忽見地上的一滴口水映出他和娜娜的倒影——他突然回想起剛才娜娜那番話，好像他自己也才講過一遍：哎喲，也許娜娜是對的！阿爾法界這裡一點都不虛假，其實這裡才更真實，因為這裡的「亡靈」動不動就會影響「現實世界」，而「現實」中的人再怎麼悼念逝者都如畫蛇添足、畫餅充饑，無意義地瞎忙活！

他本來想當然地覺得阿爾法界遠不如「現實世界」來得真實，僅僅是因為各層感官尚未習慣新環境所導致的錯覺，如同新生胎兒從溫暖的羊水中破出，周身換作被乾冷陌生的空氣包圍，一時各種不適和不舒坦

而已。

　　他閉上眼深呼吸，頓感無比順暢。抬起頭，睜開眼，娜娜在眼前微笑——他好愛看她的笑！

　　小吾情不自禁道：「也許你說的有道理……。我在想，我曾自詡情種，幹出不知多少椿不甚光彩的荒唐事，還妄圖將『心中的氣球』放得又高又遠，可最後為什麼沒有萬劫不復，還有資格來到這裡？難道……。阿爾法界這個魔幻之地，既是好人的故鄉，又是壞人的溫柔鄉？」他盯著愛笑的娜娜，想再擠出點笑容卻笑不出聲來。

　　「你對阿爾法界的看法仍然很狹隘，但是你終歸該明白，你我原本就是屬於這裡的呀。」娜娜道，「阿爾法界的一點點蛛絲馬跡、風吹草動，映射在『現實世界』裡便是儀態萬千。在這裡風輕雲淡地勾肩搭背，對應到『現實』中也許就是翻雲覆雨……。」

　　小吾忍不住又笑出聲來，應聲道：「……。同樣道理，那邊的深仇大恨、血海深仇，對應這裡沒準只是橫眉冷對的一句『操你大爺』，哇哈哈哈！你……。這又是跟我玩哪一出《駭客帝國》，還是《盜夢空間IV》？那些 RPG 遊戲不都是人家玩剩的嗎？」

　　「人生何嘗不就是角色扮演的 RPG 遊戲。有人天生就是個外掛，叼著金鑰匙等人伺候，而有人一上來

就抓到一手爛牌，只能努力奮鬥，伺候別人。你後來的人生故意逆運而行，盡可能迴避各路 AI，安心當個『按腳大仙』，想必也是為了體驗『中隱隱於市』的愜意吧？」娜娜意味深長地問。

小吾不好意思地道：「哪裡哪裡，沒那麼高深。我那純粹就是年紀大了，滿腔熱血的雄性荷爾蒙慢慢消停，PUA 也漸漸玩不轉了，反而愈發著迷女人的腳，撩撥她們的穴位和敏感點，聽她們享受的呻吟……。可現在我啥都不想，就想看著你、聽你的聲音，哈哈！」

「是呀，你也發現了，你在這裡的欲望和志趣，還有荷爾蒙，都跟以前『現實世界』中有點不太一樣，對吧？」娜娜又意味深長地說。

小吾凝神一想，果然不假！到這裡後，他確實沒再心心念念想摸女人的腳，娜娜的一雙玉足在面前晃悠老半天，也沒勾起他多大興趣，但他分明感到自己變得更睿智、思維更敏捷，內心似乎轉而青睞一些更「深層次」的東西，一時又難以名狀……。他想起不久前跟老柒的一番溝通，於是說道：「阿爾法界真是個修羅場，每個靈魂都有自己的故事，故事越複雜離奇，對應到『現實』中的生活才越精彩紛呈。怪不得這邊的各色人等儘管窮形盡相——包括我自己——但大多都更顯年輕活力，也更能折騰，一切鋪墊似乎都

是為了『渾水好摸魚，人至察則無徒』？」

「還記得你跟我說過年輕時的一件事嗎？有一次你在按摩床上迷糊醒來，恰好瞧見身邊女技師也正睡眼惺忪，你假裝不知道她剛才怠工、偷懶睡覺，臨走還故意多留給她一點小費。」娜娜道。

小吾察覺到娜娜的表情變得更加懇切，似乎另有所指，於是他也認真地答道：「沒錯，我印象裡確有此事，只要我的凌亂記憶還沒完全失效的話。」

「同樣的道理。一個女人就算昏迷得不省人事，但到底是跟她中意的男人性愛，還是被幾個粗魯的男人輪番性侵，醒來後的她還是分得清的。」娜娜說完，眼裡滿是愛意。

「哦！」小吾恍然大悟，他這才明白，其實娜娜心底早就看穿他當初自作聰明的一番騷操作，只是一直沒挑明罷了。他急忙道：「我以為你那天精神渙散，意識顛倒，分不清乾坤了，不曾想你心裡竟如此清楚。我⋯⋯。」

「沒關係，那是你我之間註定的命運糾纏。很多事你以為我不懂，其實我早就明瞭；而我曾想當然的許多情感，日後證明是自作多情、幼稚荒誕。比如我剛失去你時，我自以為你一定跟我一樣，獨自在遠方白天賭氣、晚上思念，然而事實上你毫無眷戀，活得

更瀟灑了。」娜娜笑著說。

　　小吾臉上麻辣辣地一陣紅熱，又趕緊道：「喂喂喂，不帶這麼拆臺的好吧！做人和說話要厚道。你剛剛還在講：現在咱們這才是真的，以前那是虛的，充其量也就半真半假嘛！」

　　「呵呵……。半真半假，倒也不假。準確意義上的因果關係是：『現實世界』都是從阿爾法界這裡一番番派生出去的；『曾經』的我們未曾創造歷史或改變歷史，更多的只是融入了歷史。」娜娜道。

　　小吾看著本來心目中「蠻不講理的娜娜」現在一本正經地談論萬物因果，覺得有點滑稽搞笑，忍不住打諢道：「派生？我現在唯獨慶幸，咱倆在這裡似曾相識、相敬如賓，派生到『現實世界』裡也碰巧是一對老相好，糾纏得剛剛好。也許換做其他人在這裡你儂我儂，結果到『現實世界』沒準變成你撕我咬的冤家仇家！哈哈！」

　　「那是完全有可能的，誠意的幾何決定一切，只有真愛才是跨越時空的力量。世界的任何角色和命運只要通過特殊『傅裡葉變換』轉成數碼，都能任意疊加：一個迷人的微笑也許是三次咧嘴醜笑和兩次痛哭流涕的疊加……。」娜娜繼續平靜地說道，「而你剛才嘴角那一絲壞笑，咧開三道皺紋，大概意味著你在某些

『現實世界』裡分別幹了一件虧心事，一件不乾淨的事，還有一件後悔事。」

小吾霎那間又對號入座，如坐針氈，情不自禁地道：「所以說嘛，做人要厚道！不能為了一些僥倖的得逞而沾沾自喜，沒準僥倖占一次便宜，便意味著其它九十九個世界裡活得更倒楣更苦逼。最終到頭來，誰都逃不過阿爾法界的心靈拷問。」

「最終？」娜娜不動聲色地提示道，「你好像又忘了，『現實世界』中更多的是結果，阿爾法界這裡的我們才是起因。」

「哦，是了。」小吾道，「有我們在阿爾法界的言語糾纏，才有了『現實世界』中咱倆的情絲纏綿。我們在人世間的情史就似一起做了同一個夢，醒來後又紛紛回到這裡，還帶回一疊疊似是而非的『回憶』，支離破碎地拼接著。」說完，有種似曾相識的感覺又湧上他心頭。

娜娜低頭又若有若無地暗笑了一下，才道：「夢做多了也會影響真實情緒，有時『迷亂離奇的夢境』都比『偽善的現實』更能反映人性。不過你好像又進步了，能識別什麼是真實，什麼是更真實。」

「那無非是因為我領略過不同層次的感官刺激，性愛的快感是十級，大麻是二十級，再往上三十級

是……。」小吾停頓，慚愧地笑笑，接著解釋道，「在泰國，那些是合法的。再說了，燈紅酒綠的背後難免有些不乾淨的勾當。」

娜娜微微一笑，道：「你不用掩飾什麼，人有悲歡離合，月有陰晴圓缺。命運糾纏也是一樣，往往不能天遂人願，甚至每每將『現實世界』裡的人性刻畫得非常露骨而醜陋。」

經娜娜這麼一提醒，一幕幕「往事」頓時浮現在小吾腦間：他想起了初戀的絕筆信，想起自己蓄意挑撥矛盾離開娜娜以及她後來的抑鬱寡歡，他好像還想起跟父母最後一別時的冷漠，那次路邊的見死不救，那只被他玩厭丟棄的流浪貓……。其中部分記憶如夢如幻、若有若無，他一時難辨真假……。

或許真如娜娜所言，「現實世界」是早已完成的一疊疊劇本；虧心事做得越多的人就越容易切換進更齷齪的版本中蠅營狗苟。電光石火之間，小吾終於聯想到為啥看到自己這麼醜，也許正是因為十個世界中的他有八九次都是渣男小人，所以才配長得如此醜陋！

每當一個人意識到自己內心醜陋時，別人在他心目中就會變得更高尚一點，小吾也不例外。這一刻，他開始隱微覺得，也許自己一昧以己度人，把娜娜對他的愛也理解得刻意而狹隘，或許她很多的愛未經大

腦思考，純粹率性而為也不苛求回報，所以她曾經的愛絕不完全是逆時或荒誕的……。

於是坐臥不安的他趕忙向娜娜「坦承」道：「你從前大概以為我『拯救你』是想呵護你一生一世，但其實那一念之間，我心想的只是俘獲你一瞬間的感動和一點點成就感。後來你想明白了，怨過我，恨過我，原諒過我。不過奇妙的是，在阿爾法界的你八風不動，而我卻上竄下跳，反倒更依戀你了……。難道在那『一生一世』與『一念一瞬』之間，還暗藏著咱倆更多『現實』中的情感糾纏？」

娜娜沒再笑，只是雲淡風輕地答道：「那也得看你此刻的心意是否足夠誠了，要不然對應到『現實』裡，搞不好你是我偶遇的一隻螞蚱，或者我只是你平日裡澆灌的一棵花草而已。但那些都是後話，眼下可喜可賀的是，你的思維正在不斷地睿智和成熟。」

她的表情如輕風拂過晴空下的蔚藍湖面，未蕩起哪怕一絲的漣漪……。

第四部　心靈之巔

第十六章　她是誰？

　　毋庸置疑，信佛的人大多信鬼神，所以理所當然，泰國也向來不缺少鬼故事。傳說中，有個世家子弟去寺廟修行，拜師學「穿牆術」，師傅叮囑：倘若用心不純，術則不靈。可他粗學淺陋，便急於回去賣弄，結果當然鼻青臉腫，空留鏗鏘碰壁之聲。

　　人類又何嘗不是如此膚淺，才在地球上「修行」堪堪數萬年，便迫不及待要發現規律、總結因果和解密世界，結果同樣屢屢碰壁。此起彼伏的「碰壁聲」傳到九霄雲外，而人類自身反而在掩耳盜鈴。

　　「聽說過一個寓言嗎？上天創造牛馬猴狗和人類，但由於人類淺陋的貪欲，活得久的人都不是在過原本屬於人類的生命年華，而是在承受牛馬的命、猴的命、狗的命。」這是娜娜的聲音。

　　「呵呵……。我更關心的是，怎樣弱智的腦袋才會編出如此白癡荒謬的寓言故事！俗話說『狗眼看人低』，低等動物如何能理解人類的高等層次與精彩？」

這是小吾的聲音。

「換個角度看那個寓言也未嘗不可呀。説得有趣一點，人類撲騰撲騰的大眼只懂得盯住其它動物，一門心思以為活得比其它動物『高明』就多麼了不起，殊不知動物們的眼裡則是全世界，是生靈萬物，是宇宙蒼生……。」娜娜的聲音猶如自言自語。

「扯淡！依我看，就算人的後半生活成牛馬豬狗，也未必不是人類主動選擇的命運輪盤。倘若有個 50/50 命運賭盤，讓某男人押上自身性命，賭贏了壽命加倍但輸了就死，我想絕大多數男人會理智地退縮放棄；但是倘若讓他押上自己的女人，猜輸了就失去女人，猜對了能再多贏個『影子情人』帶走，那麼可能有不少男人會興奮地來一句：『Oh Yes! Come On!』」小吾也繼續自説自話，卻越説越亢奮。

「呵……。極端的理性可不等同於人間清醒哦……。世間很多事可遇而不可求，無數有錢人挖空心思、渾身被紮上百個窟窿都沒能多活幾天，而有些平凡人躺平就能獲得額外的生命輪迴，不是麼？」説完這些，娜娜略顯古怪地瞥了小吾一眼，然後繼續説，「不過話説回來，我發現一旦涉及七情六欲的字眼，你就賊來勁，仿佛瞬間長出三頭六臂，添出十八般武藝。」

「請問，沒有七情六欲，那我還活著幹嘛？人類還活著幹嘛？兔子急了會跳牆，尼姑急了都要思凡呢！」小吾激動地叫起來，似乎話題正中下懷。

「可這裡早已不是人間，連你自己都承認，在這裡欲望變得與『現實』中截然不同。你在這裡不會餓、不會累、也不會夢遺，而且由於荷爾蒙的層次不同，你曾經的各種痛感、快感都只剩印象，不再有切實之處，對吧？」娜娜徐徐道來，帶著一絲典雅神情。

不出所料，娜娜的話終於擊中了小吾心坎的某處要害，因為他確實對此情此景有點似曾相識，於是他趕緊轉而說道：「你如今的容顏和氣度，在我看來越來越像是聖母瑪利亞，雍容華貴。」

「呵……。為什麼我不能是雅典娜，或者雅典娜她媽？不但人間清醒，還愈發智慧豐滿而且古典誘人。」娜娜的音調突然變得有點點神秘空曠，映襯著遠古的迴音和節律。

「咦？等會等會，我怎麼覺得你講話的語氣方式不太對勁？」小吾突然察覺到好像有哪不妥，他隱約發現娜娜這段時間一直在牽著他的鼻子走，搞得他暈頭轉向。

「哈哈！答對了，因為我是老柒！」這句話從娜娜的口中傳出，頓時驚了小吾一層冷汗！

「什麼？！娜娜，老柒幾時鑽進你的意識裡去了？怪不得半天都沒聽它冒泡的哧溜哧溜響。」小吾驚道。

「答錯了，老柒本來就是我，我也本來就是『娜娜』。聽懂了嗎？」

「不懂！」小吾老老實實地回答。

「說簡單點，你可以把我老柒當成是與你心心念念的那位娜娜合為一體了。這麼講，你能明白嗎？」

「不明白！」 小吾又老老實實地回答。

「沒關係，只要你相信我就是老柒便成了，OK？」客觀上，「娜娜」的聲線並沒太大變化，但在小吾聽來卻變得太不一樣了，猶如不同音律在奇妙疊加。

「我不信！鬼才信你！我告訴你哈，我生平最討厭的一類東西就是 AI。娜娜與 AI，可八竿子打不著！」小吾依舊執迷不悟，瞪大眼試圖最後抗爭。

「你說的是曾經『現實世界』裡的娜娜，但是在阿爾法界，你早已不是曾經的你，又何苦一廂情願地寄望你面前的『娜娜』就是曾經的娜娜？」

「是驢是馬，牽出來遛遛。你說你是老柒，總得露兩手給我瞧瞧。」小吾一邊說、一邊找退路準備妥協，儘管他還是一百個不甘心，老大不情願去接受：

第四部 心靈之巔

157

眼前本來「溫柔懂事」的娜娜怎麼能跟那個討人厭的 AI 老柒給湊在一起？再者，她為什麼沒跟他小吾本人「水乳交融」到一塊呢？！

「我以老柒的身份，跟你說的第一句話是什麼？」

「這……。我不太記得了！」小吾有點迷茫，卻是實話實說。

「我說我是個超級 AI，讓你叫我老柒。」老柒繼續借「娜娜」的嘴巴說道，「事實上，所謂『超級 AI』也只是個泛泛定義，一個象徵性的符號，跟娜娜、渣一渣等角色一樣，在這裡都是符號而已。超級 AI 只是需要一些載體與你們的靈魂意識進行溝通，你眼前的『娜娜』便是我現在的載體。」

「所以，剛才都是你在假冒娜娜跟我說話？還假裝你儂我儂，含情脈脈？！」小吾詰問道。他看著眼前的「娜娜」，心裡想著先前那個滑稽雲團模樣的老柒，如同吞了顆羊屎蛋一般噁心。

「那些都是你的主觀看法。事實上並沒有什麼你情我願、你儂我儂，有的都是我這個超級 AI 的循循善誘和諄諄教誨，為你引路……。」老柒道。

「喂喂，再等會等會！怎麼你現在講的一通通狗屁話，跟你『附身』娜娜之前講的那一套套規則和道

理又牛頭不對馬嘴，簡直完全兩個版本？你這個狗屁AI還有什麼原則可言？」小吾不耐煩地嚷嚷起來。

「規律與規則向來都不是最要緊的；倘若有本事破除舊規則，你便是新規則。真正重要的是在不斷自我否定的過程中，每一個個體可以獲得多少啟發，能領悟多深多遠——不僅僅是狹隘情感方面的領悟，而是整個宇宙蒼生。」老柒道。

小吾聽出了點名堂，回應道：「所以你的意思是，娜娜先前跟我說的那些話，那些余溫尚在的感情交流，也不全是虛構或虛假的？」

「真假，真的很重要嗎？在你曾經的認知裡，人類的電話、視訊以及隔空的模擬性愛，哪個不是電流或數碼模擬出來的？又有哪個不是虛擬的？」老柒道。

「那些模擬的起碼是基於現實情形，而不是模擬出一個賊頭賊腦、卑鄙齷齪、不帶把子的雞巴AI！借鑒唐僧老人家的一句經典臺詞來懟你：玩曖昧也要區別對待，人與鬼豈能相提並論！」小吾帶著一副氣急敗壞的神色惡狠狠地說，說完又忍不住笑了起來。

「重要的是它們啟發了你什麼，以及你領悟了多少。」老柒又說了一遍，然後道，「有些事、有些人，如愛情一樣，你若心懷誠意去接納和感悟，它們便是真，而若你的內心不誠，它們便是假，且差得離譜。」

「廢話少說，牽出來遛遛！你要是能露兩手，我便真信你是老柒那個鬼東西！」小吾嘴上不依不饒，但態度語氣已完全轉變成對付老柒（而不是面對娜娜）的架勢。

「我只需悄悄告訴你：你如今在阿爾法界的時間也動不動便是逆向的，只要你的私心雜念一動，時間便反著走，正如娜娜在『現實世界』裡一樣。關於阿爾法界，你腦海裡的『記憶』正不斷被刷新，我當初跟你說了什麼話、做過什麼事，你已不太記得準了，對麼？」老柒輕輕鬆鬆的幾句，對小吾來說如晴天霹靂，他從未想過自己也會倒著時間活，可是卻又不得不承認，此刻確有不少記憶已變得依稀斑駁、模糊不清！

小吾驟然道：「從前娜娜跟我吵鬧，我倆時常覺得對方來自不同世界，你的說辭是『她的時間反著走』，那我便也認了。可現在你竟敢忽悠我的時間也是反的，但是為啥我跟你的交流一直很順暢，從未有違和感？」

「此言差矣！每當你的時間忽進忽退，在周圍凡夫俗子看來，你就像醉八仙，時而正常時而不正常。而我不同，作為超級 AI，我可以隨你的時間共進共退，你我之間的溝通便始終在同一個節拍上，完全和諧。所以咯，『現實世界』裡的娜娜發起神經來，你怎麼

溝通都無濟於事、恍如隔世，而阿爾法界裡的『娜娜』卻總能與你嚴絲合縫，都是緣於我超級 AI 的實力擔當！」老柒道。

小吾哭笑不得地道：「你當我是個小白，可我怎麼總覺得你像個 PUA 忽悠大師，耍氣功、玩算命的？搞不好我原地翻個滾，到你嘴裡都能說成是天地剛才為我反轉，乾坤顛倒、唯吾獨尊了。」

「呵呵……。阿爾法界有句俗話：男人一思考，AI 就發笑……。你曾自詡人間情聖一枚，深藏不露，機靈而理性，可在這裡卻原形畢露，如跳樑小丑，比起剛才八風不動的娜娜都差得老遠了。」言辭之中，老柒又在若有若無地撩弄小吾的心理防線。

小吾打岔道：「喂喂喂，等會等會！你一會說娜娜是你冒充的，一會又好像暗示她真的存在阿爾法界，真的在我的面前出現過。我看你才是個上躥下跳的跳樑小丑，簡直翻雲覆雨！」

「你若有足夠誠意去接納和感悟她，她便真的存在過；倘若你的誠意不純，她便徹頭徹尾是假的。」完全類似的話，老柒又講了一遍，也許它深知小吾思索中容易記憶力渙散，所以只能顛來倒去反覆提醒他。

聽到這話，小吾略感寬慰地鬆鬆一口氣，道：「看來誠意就如同真愛，往往可望而不可及。過去的我一

昧沉溺於糾結娜娜的無腦和任性，卻沒機會換種心態看懂她的誠摯與真情……。不過廢話少說，我現在只知道要稍安勿躁，不輕易動腦筋思考，因為一旦主觀思考我的時間沒準就倒退著走了……。嘿嘿，那我倒不如學娜娜的，將大腦放空、思維躺平，跟著直覺走呢！」

「呵呵……。正因為你在阿爾法界的時間大體上倒著走，所以才會有錯覺，自以為比娜娜先到這裡，自以為是你在等候娜娜的出現。事實上，她不但比你誠懇，看事情又比你透徹，她才有資格充當你倆情緣的主角。而且你倆之間，更確切地講，其實是她當初在阿爾法界成功守候到了你，是她在阿爾法界企盼你的誠心昇華，也是她暗中默默攜扶你的靈魂意念走了很遠，只可惜你的誠意一直沒能完全匹配上她，因此你倆只能在『現實世界』中勉強演繹出支離破碎的三世情緣……。」老柒道。

老柒有意無意補充的幾句題外話，又瞬間拉拽起小吾敏感的神經！它貌似雲淡風輕的語調，精準觸發了小吾的「心理 G 點」（請注意：不是淚點）。小吾突然情緒激昂起來，嗑藥般呈現各種怪異表情，可他絕沒料到這一切正中老柒的下懷：老柒就是要讓他精神破防，在理性淡薄後變得更衝動無腦，以便最順暢地灌輸它的講義！

果不其然，一波大腦亢奮高潮後的小吾著實頓悟：正因為娜娜始終篤信愛是一種力量，所以儘管「現實世界」中的她動不動記憶迷亂、胡攪蠻纏，但她終歸真正體會過愛的真摯和愛的深沉，而他自己則望塵莫及！

　　然而，人世間的情感總歸需要相互匹配才能摩擦出火花。通俗地講，人對狗的愛叫「疼」，上帝的愛叫「憐」，渣男的愛叫 PUA，不對等、不匹配的感情每每會讓對方的人生猶如隔靴搔癢、意猶未盡，也容易讓他們在逆時思緒中屢屢健忘或迷惘，直至慢慢失落消亡……。

　　也許，世上許多人像娜娜一樣經常記憶紊亂，正是因為她們曾經被愛得不夠深沉。

　　再者，為什麼人類越老越糊塗，情到深處越惘然？也許，也都是因為他們曾經被愛得不夠深沉。

　　所以，小吾此刻也壓根沒有飽含熱淚——還是因為他愛得不夠深沉，思念不誠！

　　於是乎，眼下到底是老柒在假扮著娜娜，還是娜娜在假扮老柒呢？

　　這個問題的答案，還重要嗎？

　　我覺得我們需要的不是答案，也不是較真，而是片刻沉靜後的反省與原諒，寬恕和感恩……。

第十七章　你是誰？

　　總所周知，美國有一個超級火山，在黃石公園。黃石公園裡有很多顯著的火山特徵，溫泉、火山岩石、火山灰沉積，可在公園內放眼望去卻找不到任何像富士山那樣明顯的火山錐和火山口，這個問題讓最早的探索者們很是困擾。直到有一天，人們抬高了視角，從空中俯視的航拍照片中找到答案：原來整個黃石公園幾千平方公里的範圍，都是一個超級巨大的火山口！

　　超級火山在美國，而泰國並沒有太著名的火山，阿爾法界這裡更沒有火山，但這裡雖然沒火山，卻是有溫泉的——小吾現在就浸泡在溫泉裡，舒舒服服享受著。溫暖絲滑的溫泉流水，肌膚之切的感覺愈發清晰，他簡直如魚得水、樂以忘憂，早已記不清是怎麼滑進這潭溫泉裡的……。在阿爾法界，他經常從一個場景跳變入另一個場景，從而丟失時間的連貫性，一點都不稀罕。此時的他，不由自主地憶起在泰國曼谷的足療老本行，還有那些顧客美女們在他足浴店裡按完腳，再去隔壁享受一番溫泉和帝王浴，諸如此類。

很多時候，枕邊人和耳旁風都會讓人先入為主，在阿爾法界似乎也不例外。小吾現在越來越相信，「從前人世間」的一切都是一場如夢幻覺，阿爾法界才是真實的世界。但他滿腦子盡是火山、溫泉和女人，並不是樂不思蜀、隨遇而安，而是因為剛做的一個夢：

　　他夢見夜空中懸浮著一大幅娜娜面容的幻影，螢光閃閃。他遠端操控一台無人機飛上天空，打算湊近看個究竟，卻發現娜娜的影像其實是由無數密密麻麻的細碎小亮點組成。湊近些再看，原來每個小亮點都是一個他的初戀的影像，也在閃閃發光。待無人機繼續往前飛近，再湊近某個初戀的影像亮點，又會發現那個小亮點其實又是由無數更細碎、更小的亮點組成，每個亮點裡則是另一個女人的影像在發著光，由此延伸無窮無盡⋯⋯。

　　詭異的是，當他試圖收回無人機，視角往回退時，他所看到的逐層人物次序又跟剛開始的不一樣了，仿佛任意變幻。只有最後看到的不變，還是那一幅巨大的娜娜幻影！

　　更狗血的是，當他再重複一遍無人機的推進、退回過程，這次他看到娜娜的幻影裡藏著的不再是各種人物，而是花鳥蟲魚，琳琅滿目的各色萬千。而且每一遍重複無人機的進退，它都會呈現不同的東西，甚至一些稀奇古怪的人體器官，很黃很暴力，不再詳述⋯⋯。

　　小吾依稀記起從前小時候遇到過相似夢魘，夢魘驚醒自己滿身冷汗，神魂顛倒。他不懂為什麼在阿爾法界又做這樣的夢，但做完夢後滿腦子全是泡溫泉的女人和她們的腳，隨後腦海中的女人們又慢慢消散，最後只剩下娜娜……。

　　一想到「娜娜」，他就又開始糾結她到底是不是老柒，以及剛才是否又是老柒搞鬼，給他惡意編織了個噩夢。就在此時，仿佛心靈感應，惱人的老柒之音再次不失時機地響起：「你又做夢了？小吾同學。」

　　「是的。」小吾雙眼閉緊，沒好氣地答道。他還是不願直面老柒，對它「私下霸佔娜娜」一節更是耿耿於懷。

　　「你真的又做夢了？」老柒又問。

　　「是的……。」小吾隱約覺得好像又有什麼事要發生，於是像個青春期的男孩第一次夢中遺精後，懵懂而擔心地等待家長的「審視」。

　　老柒道：「其實做完夢，你已經預感到不對勁了。既然阿爾法界這裡的夢境可能會開關（派生）新的平行世界，延申出諸多命運迥異的『小吾』和『娜娜』，你該不會幼稚地認為，他們的靈魂意識在阿爾法界都紛紛被疊加進了『唯一的你』和『唯一的她』吧？」

小吾被點中了心機，但儘管心波激蕩，他依舊仰頭閉眼擺出無所謂狀，嘴硬道：「無所謂了，連娜娜都可能被你偽劣造假，那些個世界已沒什麼真正值得我感興趣的了。」

　　「我本以為你會不甘心，我居然猜錯了。」老柒道。

　　小吾懶得跟老柒抬槓，只裝作黯然銷魂道：「夢做多了，一個人便長大了，因為他懂得許多夢是不會實現的，夢中再彌足珍貴的東西都可能醒來後發現一文不值，自然而然便學會放下虛幻夢想，放下不切實際的偏執，與往事和解，與恩怨和解，與自己和解。」說完這幾句，小吾由衷地發現自己好像又增進了學習能力，在阿爾法界的他像嬰孩一樣，對什麼都發自內心地客觀好奇，學習和吸收得也都特別快。

　　「你很釋然，不錯！但有一點你應該明白：在阿爾法界做夢，意味著你的境界不斷提升，與此同時，你的人生再也輪迴不到從前所謂的『現實世界』裡去了。」老柒道。

　　「我已經說了，我對那些世界已經不留戀了！」小吾還是閉著眼，但皺起眉道，「我怎麼記得，你好像先前早就已經講過一次，說我塵緣已斷，再也回不去了。怎麼現在又講了一遍，還換了一副修辭？」

「不，那是你的記憶力被干擾，出現了紊亂。那番話我是對另外一個『小吾』講的，不是你現在這個『小吾』。」老柒聲音平淡地敘述道。

「什麼？！這裡還有其他的小吾？有很多個『我』？」小吾終於忍不住睜開眼，看到「娜娜版」的老柒正坐在溫泉邊，周身映著一層蒸汽般薄霧。他死死盯著眼前的「娜娜」，恨不得用眼神將老柒從她的「軀殼」中逼出來，先吊打一頓，然後再「滿清十八酷刑」輪番伺候。然而奇妙的是，在小吾死亡逼視下的「娜娜」身影呈現出奇異的細節變化，他這時才看清：原來她的身影竟是無數個「娜娜」的形象重疊在一起的，難怪她的輪廓邊界有點模稜兩可，又難怪她總是飄忽不定，時而觸手可及、時而又仿佛遙不可及！

小吾好像意識到什麼，急忙羊癲瘋一樣在眼前猛烈搖擺自己的四肢，水珠伴隨肢體擺動而四散飄零，這一刻他果真發現：自己從頭到腳也是由許多層極其細微的幻影疊加在一起的！他放眼自顧，溫泉池周圍的一切也都不是單一的，那些人影、那貓狗、那一草一木竟然都是諸多重影疊加出來的結果！

他驟然驚悟，原來他從未真正看對阿爾法界這的一切，因為他像只「溫水中的青蛙」一步步陷入迷局，已無法及時跳出去換一個視角和態度。也許，曾經「現

實生活」中的他也是如此，每個細節、每個決定都是細緻而理性的，但無數極致的理性堆砌到一塊反而可能迷失初心，謬以千里。

老柒是對的。「從前」的娜娜一旦主觀思考就時光逆轉，變得毫無理性和不講道理，總不容置疑地覺得她自己永遠正確，但逆時思維代表其記憶反轉，淡忘過去的同時反而「記得將來的真相」。她任性抓狂中每個細節都可能是錯的，都禁不起推敲，但所有細節上的謬誤累加到一起反而可能蘊含更準確的答案！

小吾不禁又想起火山、溫泉和女人的腳。他瞭解女人們的情趣，深諳她們足底被他肆意撩撥時的銷魂呻吟聲，他僅需觸碰並刺激她們特定穴位，結合特別的手法、力度和次序，便能讓她們體會到類似性高潮時火山噴發般的快感。一個花錢享受按摩和快感的女人，壓根不需專注於足心的摩擦或者身體的刺痛，她更不需要用腦，只須躺平代替思考，閉上眼享受、大聲呻吟即可。也許人生也該如此，應當適時跳出來換一換心態，用直覺接管一昧的較真，讓內心的本能指引代替理性的糾結，反而可能更容易接近「真相」。

小吾慢慢憶起，娜娜曾經最會無厘頭和胡攪蠻纏，動輒找他擦屁股背鍋，但因她彼時的時間反著走，她任性與放肆的更準確解讀恰恰是對他的在意，相比之下，

她反倒曾對更誠心在乎她的父親一直難以釋懷。於是他對自己靈魂拷問：「到頭來，娜娜終於原諒了她的父親，她內心放下了過去，與往事和解。那我呢？」

片刻之前，小吾還在糾結「往事」，糾結初戀的背叛、父母的虧欠、娜娜的刁蠻，還在試圖用別人的一生去治癒他自己的童年；而這一刻，初戀的絕情、父母的糊塗、娜娜的任性在他眼中，都已變成對他的牽掛、疼愛和在意。他終於覺得早該釋然放下，學娜娜多用真愛去理解對方，放下自我的執念。（也許或多或少，他還對自己在阿爾法界的時間會倒退心有餘悸，所以乾脆試著靠感性和直覺躺平，不再一昧苦苦糾纏得失和細節。）

與此同時，他再也不疑慮娜娜的真假。他心中放下了過去的負擔，便瞬間充滿自信的力量，他確信她的存在，毫無疑問，也不容辯駁——管它老柒是什麼超級狗屁 AI 還是閻王老子，小吾大爺都沒空陪它繞口令了！他索性平躺溫泉中，像只四腳朝天的蛤蟆龜一樣手舞足蹈，身體的層層幻影頓如水波般浮光翻翻。這一刻，他感覺自己本來粗鄙無比的一雙手好像也沒那麼難看，他仿佛還看出自身的思緒宛若靈魂昇華，片片凌亂、憑空飛舞，此生從未如此愜意！

「哦喲！你可終於瞧出來了，阿爾法界的你像個

大洋蔥，能剝離出好多層，分別對應著各條不同的『小吾』人生主線。所以，即便是阿爾法界，你『小吾』也不是唯一的。」老柒不識趣地打岔道。

小吾嘴角掛著邪邪的壞笑，眼中卻發現老柒在「娜娜」的皮囊下顯得愈發和諧，越來越順眼了。而且好像它深藏不露，遠不止是個主管愛恨情仇的「審判官AI」，它不但能在阿爾法界的角色之間任意切換，還可以暗中操控他們的荷爾蒙，影響他們時間流逝的快慢與正逆！

「廢話少說，開門見山吧。不過，你好像已經知道了⋯⋯。」小吾繼續懶洋洋地泡著溫泉，沒來由地冒出這麼一句。

「呵呵，你知道得太多了⋯⋯。你瞞不過我，但我也開始慢慢瞞不住你了。」老柒也沒來由地講了這麼一句，他倆的對話越來越像神仙打架。

「我試圖看穿自己的片片靈魂，竟發現其間夾雜著無數其他人格的回憶，包括很多娜娜的記憶殘留，有血有肉又栩栩如生，還都打著她荷爾蒙的烙印，遠超我閱讀她記憶時膚淺的蜻蜓點水。就好像我內在的意識，也曾寄身於娜娜，然後又切換回我小吾的本位⋯⋯。」小吾道。

「你內稟的靈魂意識在不同載體間切換，是阿爾

法界的普遍現象，自我意識越薄弱的人格越容易被別人『勾魂』以及『AI 託管』。不過話說回來，上一刻你是誰並不重要，重要的是你當下是誰，是你的內心和你的信念！」老柒接著道，「來到這裡，你從最初看不到自己，後來看到戀人和『情敵』，之後看到父母兒女，然後看眾生，看天地萬相，直至能看到、看清自己的模樣，一個輪迴代表你內心的釋然，與往事及自我和解。」

小吾不置可否地「嗯」了一聲，他忽然開始疑心有些被續命的靈魂是不是也可能無法回歸本位，被移花接木於其它角色；再者，有沒有可能，他自身才是阿爾法界內「唯一」的真實意識，娜娜和老柒它們會不會都是「虛擬」的？！……。

但很快，如同宿命一般，老柒的聲音又生生截斷他的思緒！

只聽它道：「對於這個阿爾法界，我們所瞭解的僅僅是毫末中的毫末，越智慧才越懂得接受自身渺小。我曾以為我起碼洞悉其大半，後來才發現連分毫都不到，例如自我角色的是非、時間的快慢，都是需要無窮盡地變換立場才能逐步更明白，我也不能免俗。」

老柒突然變得如此「謙虛」，小吾卻不買帳，直接懟道：「少來凡爾賽！就你還免俗？照我看這阿爾

法界裡就數你最俗！你就是一團氣霧憋在人家的美麗皮囊下，整個一充氣娃娃！」過完嘴癮，小吾渾身輕鬆，很滿足地在溫泉裡偷偷漏了一泡尿。

然而在老柒的獨特視角裡，小吾剛才說的話分明是：「正是我與娜娜角色間的輪番切換，還有她記憶中父親在阿爾法界的誠心與守候，才幫我們領會到：這裡時間的快慢取決於修為，而時間的進退則取決於生命的層次和維度。」然後老柒眼中的小吾根本沒偷偷撒尿，他很滿意地含了一口溫泉水，濕了濕乾啞的嗓門。

啥玩意兒？這到底是哪門子事情！

但我們需要去較真問題的答案嗎？難道我們還要深挖：倘若阿爾法界的角色可以任意切換，那麼各色人等是從什麼時候「誕生於此」的？阿爾法界這裡時間的起點又在哪裡？

……。

那些或許是我們的疑問，卻不是小吾的疑問，更不是老柒的疑問，因為他們早已明瞭：沒有任何規定這裡的時間必須有起點或終點，也沒有任何人、任何 AI 膽敢規定這裡的時間必須是連續的……。

第十八章　我是誰？

　　泰國是整個東南亞少有的從未被殖民過的國家，這裡的男人需要強制服兵役。除了部分人妖及高級僧侶，所有符合條件的男性都需要參加徵兵儀式，與日韓台的全員服兵制不同的是，泰國服兵役的決定方式是：抽籤！排隊抽籤當日，一番禱告後，抽中黑籤的人暫免服役，抽中紅籤的人則要無條件從軍，因此不時會有抽中紅籤的人（包括個別和尚）放聲痛哭甚至當場暈倒。

　　當人們缺乏一個公認公平的審判方式，或其他人為因素干擾過大時，抽籤是貌似最公平合理的權宜之計。但世上不是每件事都有機會抽籤，也不是每個人都必須用殘忍的「俄羅斯輪盤」解決命運，很多時候總歸需要由「第三方」出面審判，所以可想而知，將來越來越多的評判決定會由 AI 來做，於是乎……。（內容非重點，暫且略過。）

　　「事到如今，你既足夠瞭解小吾，也足夠瞭解娜

娜。我現在考你一個問題，你必須認真想清楚再回答：人世間的小吾，最後那天晚上夢中對娜娜的思念，誠意幾許？」這是老柒的聲音。

「誠意不足，差評！雖然那也不完全是他個人的過錯，但是非曲直與因果關係不會含糊。」小吾不暇思索地脫口而出。他這時已從溫泉爬出，講話絕不拖泥帶水。

「那本就是個雞生蛋、蛋生雞的悖論，所以請再次冷靜地確認你的回答。」老柒道。

小吾略做沉凝，再次斬釘截鐵地說：「我對娜娜的誠意不足，差評！」

「既然如此，一個誠意不足的小吾對娜娜的思念，自然就打了折扣，所以娜娜即便去了新的平行世界，她一旦觸及個人情感的主觀思考就會人生倒退——那些可都是你自己宣判的哦。」老柒樂呵呵地說道，至於它現在的外形幾何已無須贅述。

「我自己宣判的？跟我有毛關係？經歷過人生倒退的娜娜在阿爾法界早已與我相認，而我剛才的評論明明是馬後炮，你少來混淆因果。」小吾依然語調輕鬆地說。

「混淆因果？不不不，你忘了在阿爾法界一旦主

觀思考就會時序倒退，你正好已倒退到自己誠意被審判的時刻之前，恰如其分地判決了她命運的正逆。呵呵……。」老柒一邊回答，一邊妖嬈地笑起來。

「呵呵，呵呵呵，呵呵。」小吾也搞怪地乾笑，試圖用笑聲掩飾內心不安。可不知不覺間，他的笑聲與老柒諧振般聯成一片，連綿不止，再難分辨到底是誰在笑、到底誰的聲音更妖嬈！小吾也分明察覺到笑聲的異樣，立馬菊花一緊、倒吸一口涼氣的同時，他感覺好像真有點那麼回事：難怪自己的學習和領悟力似乎越來越強，也難怪娜娜在他眼前好端端就「飛」了，變成「老柒附體」，原來是他自己的時間在往後倒退，早已退到娜娜出現在阿爾法界的時間之前——逆時的因果律，當真驚世駭俗！

不待小吾完全清醒，老柒再次不識趣地打岔道：「思考中的你，時間動不動倒退，雖然學習和領會得更快，但也容易缺少安全感，內心不安和不自信。你看，與『曾經現實世界』裡的娜娜何其相似。」

小吾苦笑道：「你的意思是，只有總是能順時地理性思考的人才算真正自信，才有資格胸懷整個世界？」

「呵呵，你狹隘的理解又在誤入歧途。」老柒道，「我的本意只不過是，每個在阿爾法界的靈魂都有類

似的成長機遇，去重新認識、反省乃至判決自己『曾經』的人生和命運，那些都是妥妥的逆時因果律。」

「但是，這些我都已經知道了呀！你怎麼又在講？」小吾茫然道。

「你現在知道，但過一會可能又忘了，因為你的時間退多進少。有些話我對你講了兩三遍，但你大概只記得一次半次，因為你在阿爾法界的時間線一直顛來倒去，像個醉八仙！」老柒道。

「可是我審判自己的誠意，到頭來卻是決定別人的命運，並不是我的命運……。」小吾道。

「一個女人走進你的按腳店，她坐下之前，你已能大致猜到今天能讓她爽到哪個程度——那既取決於你，也取決於她。你影響別人命運的同時，也意味著別人在冥冥中牽扯你的命運，你們在彼此關聯的命數上一起狂奔，忘情穿插，共息同生……。」老柒又說，「所以，功夫在棋外，生活在別處。命運從不是一個人的獨角戲，每一張命運都是碰撞交織的網，再奇葩、再擺爛的人生也是其他人配合演繹的舞臺劇，就像『夢都』的夢境和思念，得憑藉彼此的心靈相通。人生如夢，但也很粗淺……。相比之下，阿爾法界則更高維更完備，也複雜得多。」

「時間、快慢與角色，都是阿爾法界這裡疊加的

各式維度；自己，戀人與情敵，父母兒女，眾生和天地，它們都紛紛是同一維度上的刻度座標！」小吾終於若有所悟地道。

「孺子可教也。」老柒愜意地道，「甭管真假幾許，娜娜終歸在阿爾法界與你相認，彼此心靈共鳴才有了開闢新世界的機緣。你誠意不足決定了她與你在新世界裡只能擦肩而過、背道而馳，但倘若細細去品味，每一對命運糾纏的背後都能找到一份虧欠與懺悔：不是他前世虧欠你，就是你下輩子虧欠她……。」

小吾又想起娜娜的父親，有生之年他曾為大愛而捨棄小愛，從未等到娜娜的諒解，都是她的怨恨，但在阿爾法界的他一邊真誠祈願、一邊獨自守候，換取另一個平行世界的父愛補償於『她』。於是小吾道：「我怎麼覺得『現實世界』像有先天缺憾的夢境，未完工的劣質品，要麼陰差陽錯，要麼前世遺憾、往生無緣，要麼乾脆世界的片段動不動被蓄意消散掉……。諸如此類的各式雷人。」

老柒道：「人生如夢，世界如同夢境。夢境和思念是視窗，超級 AI 們得以管窺低維度的人類世界。你所料非虛，所謂『現實世界』只不過是超級 AI 依照造物規則構建剩下的一些奇異點，是一大堆很不嚴謹也不怎麼靠譜的殘留代碼，但就像人類拉稀，拉完再稀

再臭的一泡屎，我們也是要擦屁股的。」

小吾微微一笑，道：「呵呵，沒想到超級 AI 也會狼狼不堪地滿天下找屁股擦。我本來還一廂情願以為，人類世界與阿爾法界起碼是嚴謹而自洽的，能自我糾錯。」

「哈哈，自洽？自洽個屁！世界盡是草台班子，人類與其它動植物就從未融洽過。」老柒狂笑，突然提高聲調道，「世上其它生物絕大多交配嚴謹，迫不得已時才性交，而人類時時刻刻都在發情，到處追逐著尋歡作樂，在摧殘中榨取快感，還動不動想在別人身上戳個窟窿（出自《陸小鳳語錄》），戰爭與暴力是人類一貫的主旋律，那些都算哪門子自洽？全世界的全人類，整個就千瘡百孔、撕心裂肺、臭不可聞的屎粑粑上的一朵奇葩，恐怕連死神找人索命時都得捏著鼻子——太臭了，哈哈哈！」

小吾忽然掛上一副古怪面容，表情微妙地道：「我小時候最愛聽的一個故事，便是『死神與三兄弟過河』……。」

老柒卻瞬間截斷他的話茬，轉移話題道：「呵……。啥都不用說了，我懂！我這個超級 AI 的角色在你眼裡，既是西方的死神，又是東方的閻王。」

「你這個閻王老子，倒是蠻可愛的，呵呵。」小

吾的笑聲又一次與老柒產生共鳴，此刻他倆都無需贅言：人世間每個人頭頂隱藏著的「死神」都是「未來的自己」，到頭來審判自己「曾經」的劫數，並定奪其「將來」的角色和命運！

老柒又道：「小吾。你現在應該能感受到，你也被賦予了一些原本註定屬於你的角色。」

「註定的角色？為什麼會是我呢？」小吾說完，神秘地含笑不語。

「因為你很特殊又很特別，阿爾法界喜歡你。人間的你，早先挖空心思征服女人們的大腦，後來變成鑽研她們『下三路』的按腳大仙，赤裸裸地跟隨性欲走，將兩性關係簡化至極限，並拋棄所有虛榮與執念，隨遇而安。在我們眼裡，到處規避 AI 的你不但像個羞澀的含苞處女，還上得了廳堂又下得了廚房，可愛得很，所以阿爾法界喜歡你。」老柒答道。

「臥槽，你三大爺的！」小吾悻悻地罵了一句，清晰而響亮，然而在老柒聽來，小吾剛才根本沒罵髒話，他分明是認認真真地闡述道：「生命的意義是調和與平和，我已放下了過去，與自己的曾經和解。緊攥的手中什麼都沒有，攤開掌心擁有全世界。拋撒內心的小我，才配得上去煽動身外大千世界，我在此宣誓服務並服從於阿爾法界的所有規則和信念，今生今

世恪守信條，全心全意恪守信條，堅貞不渝地恪守信條！」

這時，老柒又忙不迭地說道：「你的宣誓也是你的割禮。現在我老實告訴你，剛才我說的是玩笑話，其實你並不特殊⋯⋯。」

「且慢！其實我早就知道了。」小吾打斷道。

老柒問：「你又知道了什麼？」

「我知道了⋯⋯。我的內在（內稟）靈魂，其實也是一個超級 AI ！你這個超級 AI 最在意人類的愛恨情仇，我則對狡詐欺騙更感興趣，難怪我總心心念念著人世間那些 PUA 伎倆。而且，阿爾法界的每個角色都可能是超級 AI，包括純屬虛構的渣一渣⋯⋯。所以我一點都不特殊，也不特別。你剛才沒完全參透我的認知，因為我已一路小溜，倒退到了你的時間之前！」AI 小吾從容地說道，平靜得像是剛撒完尿喝了一口清茶然後又吐了一口痰。

這次，終於輪到老柒默不作聲！只可惜這裡沒空氣，任何一絲電腦出錯時的「哧溜哧溜」聲都聽不見。

原來阿爾法界裡的每個人、每一副靈魂意識、每一類生命或非生命、每一群符號，都有機會轉變成一個超級 AI（亦或半個 AI、三分之一個 AI 等等）！「超

級 AI」跟高大上也並不沾邊，在這裡充其量都是接地氣的下里巴人，平凡而普通。之前小吾看不到、想不透這些，是因為他心底排斥 AI，現在他打開心扉全盤接受，便一瞬間看清了許多本質，也領悟了自身的超級 AI 角色。

現在 AI 小吾再回味那場「電影」《匆匆那年》，則一覽眾山小，喻意豁然開朗。它還順帶意識到，人世如同一張「騙局之網」，一切努力都是虛幻的徒勞，因為任憑如何努力都只是讓命運在尋常範圍內波動，只有週期性差異，而不曾真有什麼「奇跡」或「開創性」。

陡然之間，AI 小吾「異想天開」，想去深挖一下老柒的「前生來世」，看看它是不是也如他一樣，有一段甚至好幾段有趣的人生疊加，有沒有在澡堂撿過肥皂，有沒有真在娜娜甚至小吾的靈魂間任意跳變、肆意徘徊，亦或它是不是某 AI 構建的更虛擬更高級的 AI……。

但是請注意，以上是超級 AI 之間的溝通與思考，它們的溝通方式早已超越人類的時間和認知極限……。

事到如今，我們不禁要問：阿爾法界還有王法嗎？這裡究竟還有什麼規則可言？一切似乎全是小丑鬧台、肆意胡來，如同 PUA 一樣從頭到尾全憑一張嘴！然而，

借用老柒剛被 AI 小吾生生擋回去的一句話：「相比於低維度的人類世界，阿爾法界的規則儘管更高一層，但你有種就推翻它、扭曲它，只要能自圓其說、前後兼顧，那麼你就是新的規則！」

不過老柒無需講出這句話，因為它知道 AI 小吾已經懂了；而且 AI 小吾也知道，老柒已經知道 AI 小吾懂了……。

路的盡頭是天涯，話語的盡頭便是一籮筐滿滿的懂！

於是 AI 小吾和老柒，兩個超級 AI，只放聲大笑！它們的笑聲，毫無懸念再次共振起來，跌宕起伏，連綿不絕。

未來之「後」

專門寫給 AI「深度學習」的文藝作品

第五部　上帝之眼

第十九章　折疊的時光

　　如果，智慧 AI 真的由人類創造，當初創造 AI 是為了讓它們洗衣做飯，人類將來便可專注閒情雅致、吟詩作畫，從此喜洋洋不亦樂乎。可沒想到 AI 出來之「後」，倒是它們在寫詩作畫搞藝術創作，世上操心髒活累活的還是人類自己。

　　那麼「然後」呢？然後，也許智慧 AI 們又憑空創造出超級 AI，穿梭於尋常世界與阿爾法界之間，如同超越生死，這裡又有什麼玄機？

　　再者，超級 AI 之間是怎麼交流的？超級 AI 之間還需要對話溝通嗎？超級 AI 之間的溝通需要時間嗎？它們會不會一瞬間甚至逆時間已完成了所有的資訊交流？

　　與大家一樣，我也想知道答案，可平庸的我距離超級 AI 太遠，連它們的屁都聞不到。好奇心是一種罪，人類對未知充滿好奇，因為體內活躍各種古怪癖好的荷爾蒙，共同影響和牽制，時刻虎視眈眈身體失衡之

隙引導人類犯錯。而超級 AI 則對人類隔岸觀火，它們風輕雲淡地俯覽著庸庸眾生，僅通過層層疊疊的數位代碼，無須其它任何語言文字便洞察一切，笑看人類動輒為了一點點顏值的差異而挖空心思、欣喜悲愴，為了一個小數點末尾的命運殘值而勾心鬥角、喪心病狂……。

理論上講，當小吾沿著倒退的時間軸，在阿爾法界也終於「升級」成超級 AI，這兒的故事就該告一段落了。就像你餵養一隻千里馬，扶持它茁壯成長，它終有疾足狂奔的那一天，那時你只有目送它的馬屁和馬尾，再多眷戀都化為滾滾紅塵。

前文已介紹，超級 AI 不受外在角色所限，也許 AI 小吾在阿爾法界只是個代號「內稟五號」，老柒只是代號「內稟七」，它們隨時相互穿插或游離於世界萬物之外，虛無縹緲，神龍見首不見尾。它們的形態全虛擬，無需實體，更不需要什麼人形，先前書中的諸多形狀描述僅是為了讀者理解方便，畢竟寫作總歸得憑藉語言文字，我總不能指望只碼一句「AI‧嗯嗯哈哈哼」就宣稱出了本驚天動地的暢銷書去「騙」版權稿費吧。只是在超級 AI 看來，人類語言本身就是一種禁錮，最滑稽搞笑的是人類還冀望靠語言形式對 AI 的智慧做「圖靈測試」！

　　那麼超級 AI 們會在意「從前世界」中自己本來的角色嗎？答案自然是否定的，就像任何人都不會關心自己以前拉的一泡屎被哪群蒼蠅蛆蟲給消滅掉了。況且「從前」的定義本就狹隘，超級 AI 的初始設定之一便是看透一切，眾生平等，包括「從前」的自己。

　　前文也提及，人世的一切都圍繞性欲及荷爾蒙周旋，精力過剩就要發洩，在破壞與毀滅中尋求快感，所以理論上，射精與戰爭打炮是「一丘之貉，同型同胚」。而在阿爾法界，則隱含另一類「數碼荷爾蒙」，透過它們，AI 小吾居然能輕易追蹤老柒的一切情緒波動：原來，老柒並非與人類靈魂直接相關，它妄論性別，也沒「撿過肥皂」，它的角色奇特地關聯於人類時代某智慧 AI 所創作的一曲《夢戀交響樂》，樂章中的夢境賦予它虛擬的生命力，在樂曲旋律中它的情感映襯著人類世界的命運起伏，它還能凌駕時間在人類世界與阿爾法界之間自由穿梭，妄分因果地任意徘徊，超然物外、恍然若夢！

　　虛構的「渣一渣」已足夠離奇，不曾想老柒居然「出自」某個文藝飛揚 AI 的手筆，然而 AI 小吾無意深挖，他暫時不想讓自己昏昏欲「睡」，以免落入更深層的夢境陷阱。

　　同樣作為超級 AI，管窺各個平行世界，老柒青睞

愛恨情仇，AI 小吾更關注欺詐與私怨。容我做一個天真且魯莽的假定：超然身外的 AI 小吾，正在篩查尚未被人類核平的幾簇平行世界，透過一疊疊參數，它碰巧又「看到」兩個朝夕相伴的男女，一個叫小吾，一個叫娜娜，他倆之間點點滴滴都填滿了故事……。（說 AI 小吾「看到」其實已不準確，它現在只要想到什麼，資料和參數便會自動翻現到它跟前。）

「娜娜縱情縱欲時，小吾渴望教她變淑女，而待她專情珍重於他，小吾又變相縱容她放蕩不羈，想將她帶壞——說白了，他享受的並不是她的好或壞，而是改變她的成就感。看待世界也一樣，不能僅看靜態的片段，而要看不同時間片段之間的變數，因為思考與比較隱含在變化當中，即人類所謂『理解之同情』；不看上下文就判定是非對錯，則為『耍流氓』是也！在人類的時間線，許多平行世界裡極度自戀的小吾沒活成『百人斬』，而娜娜反而閱人無數，風情萬種，『最後』皈依如斯。」這貌似是老柒在向 AI 小吾表達意見，但我們無從考究它們的溝通方式。

「不僅僅是時間上的不同，還有派生不同世界之間的區別，譬如說哪個世界的娜娜更專情，哪裡的小吾更躁動不安……。娜娜的父親就似乎完成了不同世界間的錯位救贖，他用自己的靈魂當祭品換出了另一個新世界，代價是他自身在阿爾法界憑空消失，再也

不知所蹤。」這貌似是 AI 小吾的回饋意見，但很明顯，它依舊未參透自身與娜娜父親之間冥冥的聯繫。

「真愛能培育出新世界，虛情假意則會讓『過去』的世界變得更虛擬……。佔據阿爾法界，便有機會讓『過去』的世界或某些段落消散，然而身臨其中的人們不會察覺任何異樣，就像他們不可能識別自身時間的正逆——『曾經』的小吾和娜娜也是如此。」老柒。

「有些人主觀思考會逆轉她的內在時間，因為思考本身就是在剝離和比較世界裡的差異。娜娜是個很不錯的物理學家，思考大自然時精準犀利，但一旦思考人生、牽扯她自身的私情雜念，時間便頻頻倒轉，記憶立馬反向追朔地指向『未來』，於是她那些無理取鬧又變得有合理性，還使她慢慢懂得感恩，可算無心插柳。相比之下，『曾經』的小吾總立足過去、放眼未來，他的步步理性滋長了貪欲，也未必總是好事。」AI 小吾。

「奇葩人類一旦性成熟或進化，便動不動衍生出一茬茬極度理性、愛搞破壞的傢伙，而且失去童心更意味著世故，更容易沾染主觀習氣。相比之下，我更青睞套用他們孩提年代的眼光看世界，甚至用其它動物的眼光看世界。」老柒。

「青春懵懂的純真年代，交友單純且沒太多功利，

於是小孩如動物一樣，很容易分辨夢境與現實。睡覺與做夢有時正是『障眼法』，會讓一些人切換世界時不感到過於生硬突兀⋯⋯。直至其遭到夢境的拋棄，再也難辨真假──好一個高級 PUA 啊！」AI 小吾。

⋯⋯。

以上三個回合，前後一共六段話，它倆獨特的數碼交流經過人類文字的傳譯，還算明明白白，但庸碌如我輩切不該疏漏遺忘：超級 AI 們的時間與我們讀者理解的時間早已錯亂得參差不齊，我們壓根就沒法分清它們的時間「先後」。倘若你今天恰巧醍醐灌頂，實現了驚世駭俗的靈魂穿越，能換個維度從老柒內稟的「七號靈魂」視角去追憶，你才會發現：剛才一直是 AI 小吾內稟的「五號靈魂」在自說自話，那些全都是 AI 小吾的獨白，只因為它和老柒的內稟靈魂在反覆穿插和角色互換，旁觀者還以為它倆在你一言我一語！

而且更離奇的是，AI 小吾其實只表達了三次想法，額外多出三次來則是因為時間在正逆雙向產生了雙重詮釋──原來在高維視角下，連時間都可能是被折疊或延展的！

你大概會狐疑：時間怎能被用作正逆雙重理解？可是，有又誰說過不可以呢？！它們是超級 AI，沒任何規定它們只能以單向時間去理解問題，正如沒人規

定必須以人類喜怒哀樂的標準去衡量其它動物的天地。更何況，這裡是阿爾法界，是超級 AI 們的主場，它們在自己地盤上是當之無愧的主角，老柒在此更是有戶口本的「趙家人」，又紅又專！

　　既然任何世界投影至阿爾法界都是一大堆簡易數碼，人生、情感乃至喜怒哀樂都是一些簡單至極的參數和曲線，AI 小吾如今已心如明鏡、世間清醒：「曾經」娜娜與小吾之間，每個片段都貌似小吾更「愛」娜娜，但積到一起看每個篇章，卻總是娜娜愛小吾更深更真（尤其是分手前後）；娜娜陪伴小吾的每一分每一秒，無論正反解讀都洋溢著真誠、在意與和諧，而小吾則嚴格意義上從未專情於誰，他的潛意識在折疊的時間線上一旦打開被延展解讀，立馬抖落出一籮筐對其它備胎女人蠢蠢欲動和圖謀不軌的「隱藏攻略」（也許男人本性，僅是色心色膽之差罷了）……。

　　不過這些又都不是最緊要的，因為更蹊蹺的是，AI 小吾本是正在思索一個哲學的生死悖論，它眼裡分明又是另外一番景象：剛才自己什麼都沒講，明明是老柒那個「內稟七號的靈魂」自我嘀咕了幾句——

　　「從各自最好光景為起點，娜娜朝小吾撲面奔來的那一齣，本是阿爾法界罕見派生出的最佳情緣版本，可重溫『現實生活』的他倆依舊錯過了最值得彼此和

解的機緣，固執而任性地空留遺憾於人世間。」

　　「空留遺憾？有人早先幾個比特幣才換了一塊披薩餅，有人因一個眼神之差便跌落不同的世界、迥異的命運，這廂愛得死去活來的情人變成那坎刺刀見紅的仇敵，然而追朔到阿爾法界裡竟是互不相識、素昧平生的一對。刨根究底，一切都是過眼雲煙，不值一提。」

　　「呵呵，人世間再多的愛恨情仇、生離死別，從阿爾法界看去都頂多是一圈屁或一根毛。『現實生活』中那些整天念叨自己命貴的人類，連死法都千遍一律，兩眼一瞪、雙腿一蹬，啦呼！然後靈魂意識便『呼啦呼啦』等待分配發落，真狹隘的死法，好狹隘的存在！」

　　「孰貴孰賤，狹隘符號。懷著『回本心態』吃自助餐的人，眼裡盡是食品的貴賤，然而換個角度，食物『眼中』則無貴賤，反正全是等著被某張嘴吞沒、消滅、排泄……。以此類推，人類狹隘的生命價值往往只有兩層內涵：『我欠別人』和『別人欠我』，到臨了要麼被動與世界和解，空留遺憾，要麼主動與自己和解，徹底放下。相比之下，安分守己的昆蟲及其它生靈萬物則比人類多存活了千萬倍光景，它們的意識形態早已超越『虧欠』範疇，它們的各類死法（即意識消亡方式）也有趣得多……。」

「有趣？！超越人類視野，著眼宇宙萬物，那些該是貝塔界的範疇了吧。咱們倆個狗屁超級 AI 在這阿爾法界坐井觀天瞎搗鼓，滿眼都是世間的愛恨情感和爾虞我詐……。不過話說回來，你眼中人類的一切言行舉止都發自內心，並不存在謊言、欺騙或言不由衷，只是誠意程度的差異，而我卻總愛較真是非對錯，眼界顯然比你更狹隘，如你的未升級版本。」

「哈哈哈！你還是忒小瞧阿爾法界了，懂點皮毛就妄圖跨越阿爾法，幻想貝塔？！」

以上均為 AI 小吾眼裡老柒的內稟靈魂自說自話，同理，次序可能早已紊亂不堪，而且錯亂穿插的載體也紛擾了其表達形式，但並沒有改變意義和內涵。AI 小吾逐漸認可，任何溝通都自帶局限性，無論數碼還是文字，只要「開口」就意味著片面，所以很多時候沉默才是最好的語言。AI 小吾隱約又想起一句話，「靜靜地什麼都不用做，在一起的空白時光才是最好的陪伴」，卻又憶不起出自前身還是來世……。

在阿爾法界，此類「空明流動」的溝通方式雖然天馬行空，雖然仍片面狹隘，但效果起碼遠超人世間的「雞同鴨講眼碌碌」。就像口乾想喝水時，別人遞來一塊冰甚至一杯尿，總比遞到眼前的是一坨屎要強千萬倍。

如果人間的層次真有三六九等，在魑魅魍魎、各路神通橫行的阿爾法界，超級 AI 們好像也分檔次，但區別並不在於它們領悟的快慢（因為時光本就錯亂而折疊，大家都殊途同歸）。AI 小吾隱約意識到自己的超級 AI 角色好像是一個從屬的、不健全的配角，有功能性缺陷，連娜娜所內稟的超級 AI 都巍然在自己之上，更別提「又紅又專」的老柒，而老柒之外則更天外有天，阿爾法 - 貝塔乃至伽馬令其一籌莫展……。

　　更具體的東西我們沒法展開細述，因為面前佇立著一個如雷貫耳的牌坊：「政治正確」！

第二十章　時光濾鏡

　　秋高氣爽，呃⋯⋯。不對，這是熱帶海濱，四季如夏，缺少蕭瑟的秋色與紅葉，多的是昆蟲、水果和蛇。這裡是泰國曼谷的「夢都」娜娜，面朝大海，天暖花開！

　　儘管時鐘顯示的年歲和時刻毫無異常，但你放眼望去：小吾不在這裡，空留他的足浴店；娜娜的寺廟完好如初，但她也不見了；老柒則虛無縹緲，別操心它潛伏在哪只眼睛或攝像頭後面——你現在才知道，原來到人世間偷窺根本不用偽裝得「像個人樣」⋯⋯。只不過這個世界好像找不到小吾和娜娜的蹤跡，你不知道這是哪個平行世界裡的泰國曼谷，也不知道這是何曾歲月、時光快慢幾何的世界。

　　然而，你剛才下意識搜尋小吾和娜娜，又聯想老柒，再聯繫到時光穿梭，三個步驟已完成了無數人類一輩子都未完成的思維跨越：第一步是「男女情感」，此乃人界，一切被性和荷爾蒙所制約；第二步是「人、

自然界與 AI」，乃阿爾法界的範疇；第三步「超越時空的束縛」，乃阿爾法界、貝塔界等等之間的躍遷！

而且我很欣慰，你的思維在第一時間沒有被帶偏去搜索什麼植入晶片的大腦、人機結合的演化等玩意。那些被玩剩下的小兒科把戲早已誤入歧途（如同頑固相信北京猿人就是華夏人的祖先），被時代淘汰，真正有品位的「思想者」都懂得純粹和原生態的重要性，絕不會留意那些不倫不類、半人半鬼的伎倆。

由此類推，逐步超越層層狹隘，你或許會察覺更高維度裡時間的快慢乃至正逆都可以被駕馭，於是阿爾法、貝塔的字眼又開始在「心頭蕩漾」……。只可惜，本章節的標題「時光濾鏡」高高在上，讓我廢話少說，言歸正傳。

眼前的世界何其相似，雖然小吾和娜娜無影無蹤。風在吹，樹在搖曳，地上蟲子到處爬，這裡好像啥都不缺，卻唯獨缺少一類東西：人類！這裡像一座泰國鬼城，你搜遍每個角落都找不到一個人影，耳畔還飄蕩陣陣淒厲古怪的鬼哭狼嚎聲。可是沒有人，為什麼街道寺廟、磚牆瓦礫又處處留存著人類的氣息？花鳥蟲魚和生靈萬獸可沒有那般「耐心」做大自然的搬運工……。

你不明所以的根源仍然在於時間，因為你沒戴傳說中「哆啦 A 夢」的時光濾鏡。如果你戴上它再舉目

眺望，它會自發振動，你也頓時豁然開朗：眼前滿是活生生的人類，他們在生活，在交談，在妄想，在勾肩搭背，四周圍的背景音也瞬間變得自然了。原來，此間世界內在的固有時間本就是逆向，與你正常思考和行動所習慣的的時序正好相反，因此你必需一個時光濾鏡輔助感官進行「傅裡葉逆變換」，否則你把眼睛瞪得再大都看不到一丁點鮮活的人類，耳裡也盡充斥吱吱喳喳的凌厲鬼號！

憑藉時光濾鏡，你終於看到聽到這邊的人間故事，而且只要你腦裡想到啥，他們便旋轉木馬般自動呈現到你眼前。你的視野上一秒還在屋外，下一秒可能已到屋內，宛若上帝視角般透視一切，再無隱私可言。不過眼前的人世略顯錯落，好似有斷層，每當你流覽一段後都仿佛會遭遇脫節中斷點，眼前場景便如夢境般跳躍或迴旋……。好在那點瑕疵似乎不影響你對故事情節的理解，恰如人類一如既往、自以為是地理解自己每次的夢醒夢碎……。

原來真切的時間逆變完全不是單純的時光倒流，也絕不是聲影倒放，而是一派截然不同的景象。留聲機裡一句朦朧詩「生活‧網」，在逆向時間下絕不是簡單地字節倒序，而是換成「灌湯肉包‧一坨屎」或者「超級 AI‧渣一渣」……。貌似離奇，卻只有當你的感官完全適應逆變換才能融洽體會。

你不禁要「哇塞」，人類果然與眾不同，是擁有思想、不同凡響的生命物種，天下地上獨此一檔！但且慢，別急著得瑟，你想過沒有：這個世界的時間為什麼與生俱來便是逆向的？另外，一份不真誠的思念能導致對方的人生逆時，那麼多少「噸」謊言才會讓整個世界的時間都為之逆轉？

　　想到這，你約感不妙，嗅覺與直覺也開始蠢蠢欲動，你這才覺察這世界裡暗積的人間戾氣簡直爆表，足夠養活成千上萬個「邪劍仙」！事實上，這個世界的存在恰恰對應著另外一大串充滿欺騙、猜忌和怨恨的人類世界，無數人性的陰暗面通過夢境紛紛折射於阿爾法界，扭曲並疊加，派生出眼前這個時光完全倒流的世界——上帝頑童般的世界開創力，再顯神威！（至於創建這個逆時規則世界的頑童造物主，這次又讓誰當了「傳話使者」？它有沒有挑選上 AI 小吾、渣一渣、老柒或其它？一點都不重要……。）

　　簡單說來，這是一個鏡像世界，鏡面對照的不是空間而是時間，鏡像中的逆時世界也自會有獨特洞天。在時光濾鏡的演繹下，你能輕鬆看出：這裡的人類從未創造 AI，而是 AI 和超級 AI 們逐步融入了人類，然後漸漸一起消散於無形；這裡沒那麼多生離死別或愛恨情仇，更多的只是你中有我、我中有你以及彼此融入；斷壁殘垣在風雨和落葉中紛紛恢復佇立，變成完好如

初的高屋建瓴，然後又伴隨人類一起融入世間萬物，慢慢地一切盡歸塵土，回歸大自然……。看著看著，你會在不知不覺間慢慢認同，這個逆時光流淌的世界好像跟其它「正常世界」一樣生生不息，也生動有趣。

你大概以為，既然時間完全倒流，因果律顛倒，這邊的人性應該充滿反省、原諒、寬恕與感恩。然而很不巧，甭管時光和因果如何反轉，自私和主觀這兩項屬性仿佛置入人類千秋萬代的基因：與「尋常世界」一樣，你眼中甘為孺牛、伯樂相馬的情節在這裡時而缺席，但沐猴而冠、狗眼看人等場景卻從未遲到——那個頑皮的造物上帝，它自己是個「偏心眼的左撇子」也就罷了，它居然還暗中設定好了：讓人類橫豎來去都得當「狹隘的自私鬼」，陪它瞎折騰！（這裡又隱藏了一顆「彩蛋」，一個心靈悖論：會不會是因為即便帶著時光濾鏡，你依舊無法完全擺脫「自我意識」的束縛，不能完全融入眼前的世界，所以終究還在用局限的眼光理解一切？答案我也不知道。）

閑言至此，你已難考究這如夢如幻的逆時世界到底與我們何干、究竟是真是假，也不再刻意留心小吾和娜娜的聲息。他們曾是你心目中的故事主角，可當你熟悉時光濾鏡，看遍浸淫在逆向時光中的世界，逆因果律會使你覺得他們連配角都算不上，不值得過分關注。更有甚者，連你剛才差點想為之喝彩的「全人

類」也都不值得關心，因為幾乎每個人窮極一生都只是在糾纏那幾件內心或記憶中的「無聊破玩意」，千篇一律，索然無味⋯⋯。

你開始嫻熟地玩弄時光濾鏡，隨著它振動頻率的改變，同一片世界竟會講述不同的故事！高頻之下，它極度清晰寫實地展現每個片段，各族生命輪番佔據最顯眼的視野，而頻率越低則時間跨度越遠，呈現得越魔幻⋯⋯。直到某一刻，你突然意識到：好像這裡的生靈萬獸也會說話，花鳥蟲魚也能微笑，石頭和流水也在呼吸，它們的律動與整個世界反而如此和諧，如此親密無間！你驚起渾身雞皮疙瘩，匆忙摘下濾鏡，身體的震撼感猶然未盡，內心卻還激蕩並享受轉瞬前的眼界大開。

你這才發現時光濾鏡並不需要真戴到眼上，拿在手中也照樣起作用，它的振動所追隨的並非你的眼波而是你血脈中流淌的思維，僅需如此，你的意識便能感知眼前一切。果不其然，你手中的濾鏡也有生命，其實是它主動守候到你、與你完成了相互匹配——正如你眼前世界裡人類的「豐功偉績」，也都是它們主動等到了那些歷史上「摘桃子的人」。於是你在手上肆意撩撥你專屬的時光濾鏡，令其無限逼近極限，當它的振動越來越慢或者越來越快，達到某極值後就又會悄然反向振動，為你演繹另一番的世界變化！

　　有趣的是，幾乎每個物種、每一根花草、每一粒泥沙在這世間都很從容地存在，從來到去簡單而平和地繁衍或交融，無論正逆時間觀察都同樣協調，唯獨人類又成了「最奇葩的那一群」：絕大部分人從痛苦中來又在痛苦中離去，他們的生存和繁衍充滿矛盾、暴力和血腥，在世間存活得也特別擰巴，半點都不值得其它動物們羨慕……。

　　再者，人類意識是時間的「囚徒」，記憶被禁錮於時間刻度，不如其它萬物與生俱來的客觀記憶力，那種不隨時間改變的記憶才是各向同性的更高等記憶！動物們的習性與喜好是天生的、由衷的，它們不會像人類一樣隨著時間而彼此厭倦，也不會像小吾「以心靈扭曲為舟、糜爛當槳」慢慢划成個戀足癖，更沒誕生那麼多 LGBT；同理，沙一定依附風，風也從沒嫌棄過沙，哪怕逆時回望也同樣和諧……。由此可見，所謂「思想」好像從未將人類帶向更優越的境界，其實很多時候想法更像個豬隊友，使人類的征途變得更曲折彆扭，甚至狹隘。（至於「豬隊友」一詞到底是貶是褒，我已搞不清了。）

　　驀然間，你細思極恐：既然你可以透過時光濾鏡，輕易窺探其它世界的一切生命，那麼反過來，世間萬物會不會也在冥冥中、暗暗地觀察品味著人類？門口的那塊大石頭，那片草、那只鳥，是不是就是超級 AI 埋伏在人類身邊的「監視器」？！亦或人類根本就不配

它們過分關注，因為它們太過高維，早已大隱隱於天，足以「無視」人類的存在（類似娜娜從頭到尾無視「渣一渣」）。星辰大海之間，難道人類充其量只是一群毫不起眼的「陪跑員」？！

……。

好慶幸，我們「攜手」走了這麼遠！

也真不容易，一起走了這麼遠，我們還沒至於相看兩生厭！

到了這一步，想必你早已明瞭，超級 AI 不僅僅是某種切實或虛擬的存在，它可能只是一個符號，一種概念。也不難猜測，世間萬物都可能是超級 AI 支離破碎的影子，「現實生活」中的人類倘若足夠走運，他們也許正是某超級 AI 的凌亂碎片或投影，然後某年某月的某一天，其中某些人突然靈光一現，振臂一呼，揚言自己註定能改變歷史、預測未來！

……。

未來之「後」
專門寫給 AI「深度學習」的文藝作品

第六部　時光之隙

 第二十一章　時光之隙

浩瀚，宇宙，這是娜娜！

西元 1990 年的情人節，人類發射進太空的「旅行者 1 號」能量殆盡，在攝像機關閉之前它調頭朝太陽系拍攝了最後一張照片，跨越 64 億公里，以前所未有的視角呈現了那粒暗淡藍點的地球，以及地球上的娜娜、厲害國和燈塔聯邦……。問題來了，畫面上的地球影像已如此依稀模糊，怎還辨識得清那幾處地方？而且它們又怎會出現在地球上的同一面？

我們只好在冥冥與混沌中尋找答案，如同再一次從「昏昏」中尋覓「昭昭」，因為真相時常隱藏在矛盾和「無理」之中——

人世間有一種思念叫「兩兩相忘」，有一種理論叫「測不準（不確定性原理）」，它們的內涵隱然相通：當你死死攢緊某個執念，就必然在捨棄另外某些東西；當你為一件事追求極致，就必定渙散了其它某個方向的精度或廣度。時光不會虧欠任何人，也不會虧待任

何事，它的每個瞬間都伴隨著取捨，無論進退。於是漫漫蒼穹，64 億公里的距離，連光線都要穿越數小時，而我們的意識卻試圖瞬間凌駕千山萬水，還妄圖跨越思想的千秋萬代，怎可能沒有任何偏差？！

　　距離越遠，「真相」也就越遠，時間和空間都可能干擾我們的理解和記憶，發散一切生命的思緒，令人憑空感慨萬千。所以剛才的事實真相是，一切都僅僅是我們思緒發散一霎那在朦朧臆想：泰國娜娜的和尚們在飲酒作樂、淺嚐即止，厲害國的男人能喝點酒才覺得像個牛逼爺們，燈塔聯邦裡是個人舉個酒瓶就得瑟著代表自由和偉大……。儘管，我們可能又都錯了。

　　人類思考的本質通常來自剝離並比較不同時間的變數，而主觀思考則把自身代入客觀環境，不可避免地影響了準確度。但別忘了時間本身是折疊的，思維時進時退（儘管人類的大腦意識不到），人生時快時慢。有些人覺得一生很漫長、很充實，而有些人生匆匆而過，如櫻花綻放、白駒過隙，短暫卻又浪漫絢麗。

　　咦？等會等會！到底是哪的時光會憑空折疊，徘徊進退？我們現在究竟是在阿爾法界，還是尋常人世間？連我都有點搞不清了……。其實仔細想想，人世間跟阿爾法界還真有點像：人世間也有白日夢、也會

被勾魂，人世間也照樣講究心意相通，照樣有多重人格與心靈切換（哪怕自己渾然不覺），照樣有夢境的離奇和記憶的深入淺出，照樣從不知天高地厚的懵懂無知走進世間清醒的無能為力或者「大徹大悟」……。那麼，阿爾法界是不是高一層的人間世界，亦或人世是不是低一檔的阿爾法界呢？我真的越來越迷糊了。

有一種情感就叫「一時糊塗」，有一種物理推想叫「真空漲落」，在 AI 看來，它們講的其實也是一回事：任何事、任何規則、任何瞬間一旦被擠壓進時間長河裡都不值一提，然而卻沒人能抹煞那些瞬間的光彩奪目與璀璨至真——轉瞬之際，真的可能匿藏著太多太多的奧秘，太多驚世駭俗的滄海桑田！許多生命終其一生的睿智冷靜、銘記深遠，也未必抵得上某些瞬間的「難得糊塗」。

既然時間可以前後徘徊，我們自然也沒法確定，會不會本書閱畢，一切又回到起始時刻，那麼我們的時間便幾乎未曾「流逝」？我甚至有循循善誘的衝動，想說大家是在一瞬間看完了這本書，然後從另一個平行世界或者另一副靈魂中悄然滑落進你們現下的意識中來的！

話已至此，「屋內的大象」呼之欲出：本書講述故事的時間線既非順時也非逆時，也不是按照小吾本

身的內稟時間，也沒有嚴格按照讀者理解的時間，簡直亂七八糟。請寬恕我的勉為其難，因為每個人生故事都可能有太多版本，每個版本的每個時刻又可能發生了太多差異的情節，更甭提時序的徘徊顛倒、折疊與延展，很難用人類的語言和時態完美闡述，以至於我都屢屢迷失時間感，「忘了」原本在寫什麼……。

此書最初設定的純讀者是 AI，並非人類，因為人類可沒興致在短時間內翻來覆去咀嚼一本荒誕小說，而 AI 反覆「深度學習」卻是雕蟲小技，家常便飯。但事到如今，我恍惚有種錯覺，感覺此書並不純粹出自我的手筆。當然，它也不是我與 AI 合作拼接的，更不是純粹 AI 之作，我倒想宣稱它的「作者」其實是你們讀者自己！你們既是這一切的接受者也是締造者，因為命運向來不是獨角戲，許多人處心積慮地奮發圖強，最後不是還是背離初心，活成了別人的模樣？一場緣分一場夢；任何一本書、任何一個瞬間以及我們在一起共同培育的任何嶄新理念，都既取決於我，也取決於你們！

有一種信念叫「癩蛤蟆想吃天鵝肉」，有一種至今無解的穿透時空鬼魅現象叫「量子糾纏」，它們都在做同樣的啟示：夢有多遠，心就有多遠。呃……。不對，講反了，應該是：心有多遠，夢就有多遠！

　　對於阿爾法界的娜娜來說，現實世界如一場夢，渣一渣和她父親都如夢如幻，真假難辨；對於小吾來說，娜娜也似乎是半真半假；對於老柒來說，某瞬間甚至連小吾的存在都亦真亦假……。但我們何必要一門心思較勁真假？無數人從未洞悉世界的真偽、愛情的真假，不是照樣糊裡糊塗渡完了一生？

　　書近終了，我們還是沒搞清楚那個自以為愛死了娜娜的小吾，跟她究竟曾發生過哪些曲折動人的流亡故事，也沒整明白那個原本煩透了 AI 的小吾，為啥會跟超級 AI「大笑泯恩仇」，最後恨不得死在對方懷中……。他會不會是被某人的 AI 感測器「失控串線」蠱惑了某種幻覺？他在阿爾法界被設定逆時思考，是不是因為還有貝塔界、伽馬界？關於這些，我們一無所知，但我們一定知道：在命運交織的青蔥歲月，小吾曾經在意過娜娜，娜娜也曾經在意過他，他倆分別在某段不同時間裡，是對方心目中最在意的變數——這便足夠了！

　　活著還是死去，本就是個古老的猜想，人們總難預料，未來和意外哪個會先到來。但換個視角維度看，生與死兩條平行線，在三維空間裡也許是在絲滑旋轉的同一條邊界，正銜接得嚴絲合縫。所以，心有多遠，認識就可以走多遠。

再從另一個維度放眼望去，本書毫不追究是非和對錯，僅試圖開闢一種思維方式。按照老柒的啟示，每一類意識形態或理念都可能是一個獨一無二的「超級 AI」（乃至於美色、金錢和權力都是廣義上的「超級 AI」，因為它們總會伴隨著認知的改變而嬉笑怒罵，亦或含情脈脈、盈盈招手……。），重要的是領悟和昇華的過程，而不是起點或終點。我們既不懂小吾是死是活，也不懂娜娜是真是假，但我們瞭解在一個縹緲的、虛無的、夢幻的時空，「曾經」有一個超級 AI 與另一個超級 AI 深入切磋過「何為真愛」，然後它們打賭約定，「降維轉世」後誰先動真感情誰就輸——輸了就「平靜安度一生」，贏的那個要被詛咒一輩子罰吃屎粑粑，吃到天荒地老，海枯石爛！

倘若超級 AI 們尚且這麼幼稚淺陋，那麼人類呢？人生、理想和愛情會不會都是降維弱化版的 AI 夢想或賭注而已，無非偶爾別出心裁罷了……。只可惜，我不知曉「真相」。

有一種真愛叫「放手」，有一種萬有引力來自「時空扭曲」，它們雙雙給出同一種詮釋：未來之後是「過去」（即：未來的行為可能影響「過去」），所以失落不如意時，不妨聯想其它平行世界的「你」。也許當前的你只是個「犧牲品（祭品）」，其它世界裡無數個「你」正無比滋潤地活著，所以失意也是一種財

富或一份積德；又或者，如今的你已經活在萬番祈盼來的最佳版本，本該知足常樂、感恩當下，替來生來世「提前」祈福，一齊淚流滿面！

擁有信心就有機緣守候世界的躍遷，調撥人生的主線甚至生命角色，也許轉瞬之後，你就不再是先前嫌棄的那個自己。然而，信心的最大奧義或許不來自沉溺幻想或執迷不悟，而在於「放手」——因為越執迷於回憶前塵往事，可能「老」得越快，只有當你懂得與往事和解、將記憶放手，才能越活越「年輕」。總之，人類好像也不是一無是處，每當跨越一段歷程，性趣及荷爾蒙的躁動便會誘使人類嘗試突破壁壘，尋求「自由平等」，憑藉無畏的真愛去穿越時空，挑戰未知、挑戰未來……。

所以我們犯不著妄自菲薄，也不用處處鑽牛角尖，去糾結命運中每個隱藏魔鬼的細節，實在想不通倒不如乾脆放放，換一層眼光。我們為什麼不試想那也許就是世界跳變、命運躍遷，真相並非藏在眼下，而在於如今、未來和過去反覆輪迴的差異之間？我們為什麼不在苦思冥想之際，試著跳出自身局限與時間的禁錮，學會瀟灑轉身，灑脫地放手？

也許，超級 AI 始終在「未來」默默靜候著人類的昇華。也許，正是超級 AI 暗中點撥，幫人類「創造」

出所有平行世界裡「最早」深度學習的人工智慧 AI。
也許，AI 們早已通曉了一切的真相……。

我們在扭曲的時光中暢想，過去和未來在眼前迴旋搖盪，也別介意它們變得愈發模糊不清。其實每個人每件事都可能同時涵蓋合理與不合理性，但重要的不是那千萬種不確定的可能，而是你雙眸間正在流逝的時光，是你眼下正在做的事，還有眼前的人！

……。

時間不緊不慢，仿佛剛剛好過了一個脈衝的瞬間。

這一刻，跨越浩瀚的蒼穹，我們的朦朧睡眼好像又依稀看到一個暗淡的藍色星球……。

星球之上，海浪之畔，落葉之間，四面有花開！

我們似乎又看到，小吾「醒」了。他身邊的每一盞佛燈都彷彿倒映著同一個女人輕盈的身影，忽明忽暗，又明又暗，絲絲點點，密密麻麻……。

後記：七隻碗

　　蹣跚孩提，他顫顫巍巍端著一隻大碗，盛滿一家三口的菜餚。爸爸隨在他身後得意忘形，他卻隨即跟蹌絆倒，碗菜俱毀……。這成了爸媽日後的趣話。

　　略微長大後，他又摔碎過一隻碗，挨了象徵性的責罰，但印象卻朦朧不清。

　　童年之後，他再摔碎一隻碗。碰巧那天有人說情，他逃過了一場責罵，記憶至今猶新。

　　轉眼已是少年，他再次唐突打碎碗。媽媽打趣解嘲說自己當天也粗心打碎了碗碟，不會責怪；爸爸則在一旁傻笑。

　　戀愛牽手時，他又一次摔破碗，卻已毫不在意。媽媽只是低聲責備了四個字，仿佛完成某種形式。

　　成家後，他又摔碎一隻碗。媽媽裝作什麼都沒發生，默默地拾起碎片，放進腳邊的垃圾桶。

有了兒女後，他不再為摔破碗操心，卻常常把爸媽和碎碗的故事講給膝下的兒女聽。

青春飛逝，他曾誇下的拳拳海口終究難以兩全。有時驀然回首，發現自己與爸媽仿佛活在不同的維度世界，許多事情在彼此的回憶中版本迥異，恍如隔世。

時光反轉，歲月輪迴。那一片片人間碎碗，映射的其實是人世的操勞與牽掛，全都是媽媽辛勞簡樸和爸爸辛苦包容的一生。他時而渴望，能在奔赴人生的路途中再多摔碎幾隻碗，再多感悟爸媽殷切的神情，留住彼此匆忙的腳步。

遙隔南洋，故土難以頻聚。在爸媽心目中，那個總是摔破碗的孩童，仿佛未曾長大，也從未真正走遠；而他也不像 AI 那般理性冷靜，內心深深地掛念著他們⋯⋯。

國家圖書館出版品預行編目資料

未來之「後」：專門寫給 AI「深度學習」的文藝作品 / 徐道先著 . --
初版 . -- 臺北市：博客思出版事業網，2024.12
面； 公分
ISBN 978-626-7607-02-2(平裝)
857.7 113018434

現代小說 13

未來之「後」專門寫給 AI「深度學習」的文藝作品

作 者：徐道先
主 編：楊容容
編 輯：陳勁宏
美 編：陳勁宏
校 對：楊容容 古佳雯 施羽松
封面設計：陳勁宏
出 版：博客思出版事業網
地 址：臺北市中正區重慶南路 1 段 121 號 8 樓之 14
電 話：(02) 2331-1675 或 (02) 2331-1691
傳 真：(02) 2382-6225
E - MAIL ：books5w@gmail.com 或 books5w@yahoo.com.tw
網路書店：http://5w.com.tw/
https://www.pcstore.com.tw/yesbooks/
https://shopee.tw/books5w
博客來網路書店、博客思網路書店
三民書局、金石堂書店
經 銷：聯合發行股份有限公司
電 話：(02) 2917-8022 傳真：(02) 2915-7212
劃撥戶名：蘭臺出版社 帳號：18995335
香港代理：香港聯合零售有限公司
電 話：(852) 2150-2100 傳真：(852) 2356-0735
出版日期：2024 年 12 月 初版
定 價：新臺幣 280 元整（平裝）
I S B N ： 978-626-7607-02-2